□□乡文史资料第四十四辑

陈勇◎校注

劳乃宣

诗词集

SHI·CI·JI

桐乡市政协教科卫体与文化文史学习委员会 编

中国文史出版社

CHINA CULTURAL AND HISTORICAL PRESS

编委会

1917年夏，劳乃宣摄于青岛

1919年，劳乃宣摄于崂山之下九水柳树台处

青岛市上海路7号礼贤书院，始建于1900年
1913年10月，劳乃宣应邀移家至此

勞乃宣

字季瑄號玉初一號玉礎行二又行四道光癸卯年
九月二十三日生浙江嘉興府桐鄉縣應監生民籍

支祖 諱可式 由康熙巳酉科舉人擢戶部本部員外郎刑部

支祖 諱廣西司主事本部員外郎浙江紹興府知府

公 御賜梅花詩並賜御書朱交誥授朝議大夫賜授大學生諱

祖 姚氏韓 諱承庵公女 山東信陽公女

封恭人

支祖 阜生公

氏李 海豐諱 女 附貢生候選

大夫 諱天錫 誥附貢生候選誥贈中憲

高高祖

高高祖姚氏田 陽信江蘇甘泉知縣諱啟盛

夏恭

伯高祖鳳藻 庠生

伯曾祖璣文 庠生 金光武 生

胞伯觀成 直隸大名府開州州判江蘇候補同里司巡檢 德成 幼殤

胞權匡成 幼殤 邦彦 吳江縣衙江蘇候補從九品 金 六品衙

胞叔邦俊 藍翎五品銜選從九品銜候 賞藍

胞姑 鑑子適山西洞庭直隸保定府同知劉諱肇

川府適山西洞庭直隸保定府同知
江蘇清河無錫縣王諱殼
太倉直隸州諱寶洲次安徽蕪湖江蘇長洲知縣史諱寶

255

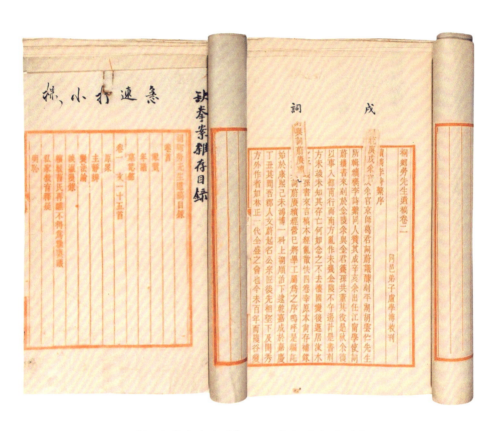

《桐乡劳先生遗稿》1927年桐乡卢氏刊本

等韻一得內篇

桐鄉勞乃宣撰

凡音之生發於母收於韻分屬於四聲母也韻也四聲

也是爲三大綱母之目有喉音鼻音舌音齒音脣音其

別五舌齒脣音又各有重輕其別八喉音獨爲一類鼻以

下各分四類曰戛音透音轢音捺音其別二十

九者又各有清濁其別五十八韻之目有喉音一部喉

音二部喉音三部鼻音部舌齒音部脣音部其別六每

部分陽聲陰聲喉一部復有下聲其別十三者又

各分四等曰開口齊齒合口撮口其別五十二四聲之

《等韵一得》1898 年刊本（中国国家图书馆藏）

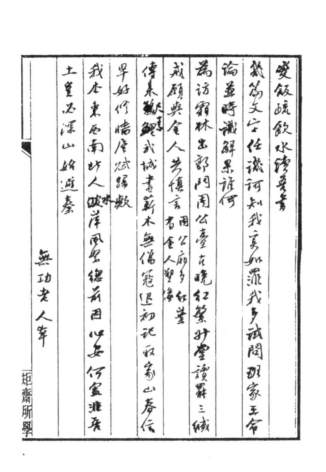

劳乃宣《东归别咏》手稿
《近代史所藏清代名人稿本抄本（第三辑）》第7册《劳乃宣档四》

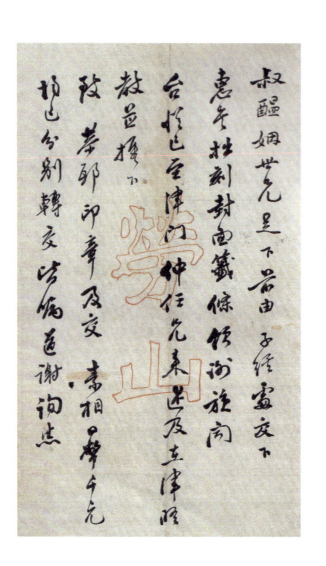

劳乃宣致罗振玉信札手迹（旅顺博物馆藏）

娥池月淡認舊時眉印香霧清輝渺難

閒臕齊紈幾疊寫斷秋魂重展省玉宇

高寒風緊　披圖生百感淒絕鵑紅兩度

餘音在瑤軫佳話記從頭收閣營書比沽

酒拔釵還韵箸今日琳瑯百城多料未抵紅

總一編燈爐　　調倚洞仙歌

勞乃宣玉初敬題

劳乃宣《调倚洞仙歌》手迹（劳俊超藏）

出版说明

　　本书收录的劳乃宣诗词有四个版本。中国社科院近代史所图书馆藏有劳乃宣手稿以及《韧叟诗存》《韧叟词存》（劳乃宣次子劳笃文整理并抄录辑成），目前以影印的方式收录于《近代史所藏清代名人稿本抄本（第三辑）》第4—10册《劳乃宣档》（大象出版社2017年版）。刊刻本有《桐乡劳先生遗稿》，系民国十六年（1927）由桐乡朱辛彝校对，卢学溥捐资刊刻行世；《归来吟》系1916年劳乃宣委托罗振常（近代学者、藏书家罗振玉胞弟）刊刻，包含《归棹埙篪》《归林余响》两卷。

　　劳乃宣诗词在各版间存在一些差异，为呈现手稿原貌，同时兼顾阅读体验，特此说明：

　　1. 诗、词排列顺序遵照《韧叟诗存》《韧叟词存》。

　　2. 诗、词以劳乃宣手稿、《韧叟词存》为底本，参校其他版本，以页下注的形式予以说明。其中，《桐乡劳先生遗稿》下称"遗稿"，《韧叟诗存》和《韧叟词存》分别下称"诗存""词存"，劳乃宣手稿下称"诗稿"，《归棹埙篪》《归林余响》两卷下称《归来吟》。

　　3. 文字统一改为简体字，异体字如"徧""疎"等统一改为"遍""疏"等。

　　4. 诗、词中涉及的人名、地名、典故等进行简要注解。

　　由于手稿有一定辨认难度，加之时间仓促、水平有限，疏漏之处在所难免，不足之处请读者指正。

陈勇　二○二四年十月

目　录

劳山草

近圣草

甲寅岁，因余《共和正解》之作，报章绘有"劳而无功"之画，余曾作一律。今报章又称余入都叩贺万寿，奏请与德国联姻，以图复辟。复画一人伏案而睡，梦西国帝者，抱冲人而坐已，补服立于旁，案有一纸书"复辟"二字，题曰"徒劳梦想"，而"徒"字双钩。前岁之事，诚属有因，今则纯出虚构。

劳山词存

10

前 言

劳乃宣（1843—1921），字季瑄，号玉初，别署矩斋，晚号韧叟，浙江省桐乡市乌镇人，祖籍山东阳信。清同治十年（1871）进士，笃学博览，著书数十万言，被目为通儒。在先秦诸子、理学、算学、等韵学、文献学、哲学、法律等诸多领域都有很深的造诣，为中国近代著名的教育家、音韵学家、文字学家。

一

劳家世代书香，科第绵延不绝。先世原籍山东青州府乐安县（清雍正年间改隶武定府），明初时迁至济南府阳信县城东范家村。

据《劳氏遗经堂支谱》记载，劳乃宣烈祖父劳可式（1647—1716），字敬仪，号切庵，清康熙己酉科（1669）举人，先后任广东省香山知县、户部广西司主事、湖广司员外郎、刑部郎中、浙江绍兴知府。劳可式的长兄劳可嘉，为邑庠生，"子十一人，三列士林"。劳可式季子劳天宠，雍正丙午举人，"乙酉充江南房考，所取皆知名士"。

劳乃宣天祖父劳天锡（1691—1718），字赉九，号省斋，例贡生，候选训导，可惜在 27 岁时因病去世。

劳乃宣高祖父劳凤翔（1714—1786），字虞廷，诰封奉直大夫，兵部车驾司主事。少攻举业，但功名不利，以监生终身，却对医药颇有研究，"经史而外，百家之书，无一窥寻，而于《千金》《肘后》之秘，尤所究心"，并形成了以"王刘二家为宗"的伤寒与温病分治的学术思想。

劳乃宣曾祖父劳树棠（1739—1816），榜名劳瑾，字宝琳，号镜浦，清乾隆丁酉科副贡，癸卯科举人，甲辰科第三甲第七名进士，当年会试的副主考是纪昀，故纪昀在《重刻活人辩证序》中称："侍御劳镜浦，余甲辰春闱所得士也。"清乾隆三十八年（1773），清廷开设四库全书馆，纪昀为总纂官，劳树棠当时并无功名，但劳家与纪昀一家关系甚密，所以纪昀称："镜浦家阳信，去余家仅四百里耳，戚谊相连者甚多。"四库所收医方论诸书，均延其参与校阅。取得功名后，先后为兵部车驾司主事、职方司员外郎、武选司郎中、江南道监察防史、江南河库道、直隶通永河道、江苏督粮巡道。为官政尚简清、兴利剔弊、所在有声。这种书香传家的传统也影响了劳乃宣。

自曾祖父起，劳家就在江南定居，而至其祖父劳长龄时，则入籍桐乡县青镇二十五都南六图，即今乌镇东栅。

劳长龄（1786—1842），字松岩，号小山，监生，候选郎中，诰授中议大夫，是一位书画收藏家。在王时敏《林峦幽村图》中留下他的题跋："近此论六法者，皆推石谷子。溯具所由实得法于烟客，奉常此幅岩壑幽深，笔墨苍秀，直追董巨倪黄。陶镕而出，非貌似者可比。况题赠金孝章，尤其经意之作。元堪宝爱珍藏以为山房墨林之冠。"

劳长龄生有七个子女，观成、德成、匡成年轻时即病故，劳乃宣的父亲劳勋成是他的第三子。

劳勋成（1813—1856），字汝懋，号介甫，又号桐叔，监生，直隶滦州榛子镇巡检、天津府青沧减河李村巡检、江宁布政使司仓大使。有《桐花词馆诗稿》。

劳乃宣兄弟二人，兄长劳乃宽（1836—1902），字偶庵，清同治元年（1862）举人，江苏候补知府，有《浣花吟榭诗稿》。劳乃宣大姐劳若华（1834—1893），号蕙櫋女史，著有《绿萼仙居吟稿》。诗学宋人，词则清新婉约。

劳乃宣的外祖父沈涛（1792—1861），号匏庐，浙江嘉兴人，清嘉庆十五年（1810）考中举人后，曾任江苏如皋知县、直隶正定知府（今河北省石家庄正定县）、江西道员等职。沈涛幼有神童之称，曾从著名训诂学家、经学家段玉裁游，被段誉为"他年若数传经者，门下应推第一人"。生平学尚考订，兼嗜金石，著述精湛。著有《十经斋文集》《柴辟亭诗集》《匏庐诗话》《交翠轩笔谈》《铜熨斗斋随笔》《说文古本考》《常山贞石志》《论语孔注辨证》等，并传于世。

而劳乃宣的外祖母戴小琼（1802—1859）也是一位才女，其父亲戴廷沐，江苏元和人，进士出身，官居湖州知府。戴小琼留有《华影吹笙阁遗稿》一卷，与沈涛二人举案齐眉，夫唱妇随，颇有情趣，两人诗才难分伯仲。

劳乃宣的生母沈蕊（1816—1882），知书达礼，善作诗词。有词作留世。

由于四叔劳绩成（字汝熙，号功甫）已于清道光二十一年（1841）病逝，所以劳乃宣一出生就出嗣绩成。而劳绩成的妻子李氏，乃山东济宁人清道光癸未进士、四川郫县知县李珙女儿，在结婚前就已病故。

在劳若华《绿萼仙居吟稿》中有一首诗，可以印证劳乃宣从小能作诗。一首是《春日和玉初弟韵》，其时，劳乃宣11岁。可惜由于其所作诗词，在辛亥革命时被革命军焚毁，故劳乃宣诗作现存较少，目前所见诗作除《劫余草》外，基本上作于1911年之后。

二

幼沐家教的劳乃宣，沿着封建士大夫光宗耀祖的途径，"涉猎群籍"，"日夕玩诵，始知学问之道"。清同治四年（1865），23岁的劳乃宣参加浙江补行咸丰辛酉科并壬戌恩科乡试，中式第六十三名举人。清同治十年（1871）入都会试，列三甲第一百九十一名进士，归班铨选，直至清同治十二年（1873），直隶总督李鸿章主纂《畿辅通志》，延劳乃宣入志局襄助多年。清光绪五年（1879）后，历任直隶（今河北省）临榆、完县、南皮、蠡县、吴桥、清苑知县。二十二年（1896），兼理保定府同知，此间曾写《谈瀛漫录》等文章，宣扬改良主义。任吴桥县知县时，义和团运动兴起，直隶、山东各地民众群起响应，劳乃宣捕杀拳民，屡次疏请惩禁。二十六年（1900）五月，义和团入京，卸任告假南归。八国联军入侵，主张"剿拳和洋"。次年，在上海主持南洋公学3月；年底至杭州，时求是书院改为求是大学堂，出任监督3年。施教除四书五经纲常大义外，增加历代史鉴、中外政治学等课程。时在桐乡购屋购地，过起了"软红尘里住三年"的美好生活，后应两江总督李兴锐之聘去金陵（今南京），入其幕府。

清光绪三十四年（1908）四月，应召入京，于颐和园觐见慈禧太后，晋升为四品京堂，任编查馆参议，兼内阁政务处提调事。清宣统二年（1910），选任资政院硕学通儒议员、理藩部咨议官。时法律馆奏进《新刑律》，劳乃宣以其条文"有妨于父子之伦、长幼之序、男女之别者"，与法律馆诸臣相驳难，力主修正，并改号"韧叟"，以示其固守封建礼教之心。次年2月，出任江宁提学使。8月，入京赴资政院会议。10月，任京师大学堂（北京大学前身）总监督。11月，兼署学部副大臣。时辛亥革命已爆发，刚抵任，即闻清帝有逊位之说，即辞任，携家眷隐居直隶涞水县。作《共和正解》《君主民主平议》等，倡言复辟。

1913年冬，移家青岛，以清朝遗老自命，主持尊孔文社。1914年，袁世凯任大总统，设参政院，聘为参政，固辞不受。1917年，张勋拥溥仪复辟，授法部尚书，劳乃宣时居曲阜，以衰老辞，但愿以闲散备咨询。函未达而事败，复避居青岛。1921年6月17日卒于青岛，葬于苏州。

劳乃宣从政20余年，所至重农兴学，开发民智。劳乃宣主张文字改革，在吴桥任上，购书万卷，供邑人阅览，又广设里塾，召民于农闲入学；居涞水时，创私塾，教村民子弟；回桐乡后，应翰林院庶吉士、由兵部主事改任桐乡知县的福建侯官人方家澍（雨亭）聘请，为桐乡桐溪书院主课策论，寄卷评阅，从此开始，后任知县因循相聘，直至1905年丙午科举废止乃罢。劳乃宣主张文字改革，重视语音之统一，提倡简字（以拼音字母拼写之汉字），创办简字学堂于金陵，又设简字研究会，办简易识字学塾、简字讲习所等。其简字法，多为1913年读音统一会制订注音字母时所采用。劳乃宣崇信程朱理学，笃学博览，兼及近代科学、中外时事，著书数十万言，被目为通儒。

著有《古筹算考释》《筹算浅释》《垛积筹法》等数学书7种，《合声简字谱》《简字丛录》《简字全谱》等简字书籍5种；另有《等韵一得》《遗安录》等。其著述，后人辑为《桐乡劳先生遗稿》，以《韧叟自订年谱》列于卷首。

三

清代覆亡，民国代兴，作为曾经的清朝官僚，劳乃宣始终不与民国合作，依然奉清朝正朔，成为一位"遗老"。虽然他在舆论中普遍受到挤压与贬抑，但生存环境较宋、明遗民显然要宽松得多。从目前来看，他的诗作，辛亥革命以前的存世较少，只有《劫余草》一首。大量的诗词均为 1911 年之后所作。从存世不多的作品可以看出，他的诗有以下几个特点：

一、故乡情结。虽然出生于直隶广平（今河北永年），但作为浙江桐乡籍贯，他对桐乡的情怀始终如一，这一点可以从《归来吟》看出他的心路历程。1894 年，还在吴桥任知县的劳乃宣发出了"倦翼思还……渐作归图，斯愿未酬，已先神往"的感慨。1900 年，58 岁的劳乃宣在《归程试咏》中再次表述"《归舟预咏》十二绝，为南归之息壤，忽忽六七年来此愿未酬，……此行非归而为得归之渐也"。已经厌倦二十多年官场生涯的劳乃宣以事得代，放舟南还，今乃渐得归矣！在《归舟续咏》中，他说道："今秋南归，作寓公于吴门，虽归而犹未归也！冬，挐舟自吴门而嘉禾而桐溪而武林，返棹小住禾郡赁屋数椽，将于来春卜居焉，归计乃渐有涯际矣！"1903 年，他在《归舟后咏》感慨："辛丑春，汇录为《归棹埙篪》，时方僦居郡城，归计犹未甚定也，旋馆杭州，于壬寅（1902）夏买屋于桐乡，乃有定居之所。"至此，经过 8 年的努力，他终于结束了数十年的流宦生活，在桐乡落脚。对于故乡的思念，愈老愈深，在故乡的书写中，也难得一见亮丽明快之色，故乡也因着这种思念，从而由地理实体进入精神归宿的层面，惘然中带着甜蜜的回望和向往。而学稼堂，是他人生唯一的温柔乡，也是他人生最温暖的场所。

二、遗民情结。辛亥鼎革，"五族共和"取代清朝政权，传统的"夷夏之防"很难成为清遗民维护自身立场的理直气壮的理由。清室、民国之代兴为"皇朝"与"共和"之交替。作为遗民，劳乃宣面临的不仅是姓氏之存亡，更有新政治体制与政治文化的认同。最为突出的是他面对的不仅是王朝的转换，还有从"帝制"到"共和"体制的整体变迁。从前的遗民，受到儒家传统"忠义"观的束缚，历代遗民多受时论之褒赞，甚至朝廷亦有优奖。而清末之遗民，往往被时论贬为"遗老遗少""封建残余"，以保守、落后、陈腐视之。不同于任职民国政府的所谓遗老，如吴廷燮任国务院统计局局长、王树枏做国史编纂处编纂、参政院参政，罗惇曧历任总统府、国务院秘书，王式通任司法总长，即使是自己的同乡好友金兆蕃也曾担任过财政部金事、会计司司长，而劳乃宣始终坚持不渝地作为前朝官员，拒绝民国政府延揽，靠自己的才学艰难生活。在诗中，尤从其《梁节庵种树崇陵以岁暮大祭，馈余饼饵见寄节庵感赋长歌却寄》可以看到。

三、同题群咏。如同魏晋、唐、宋文人的"燕集祖送"以及吕留良国变后遁迹家园，与高旦中、黄晦木兄弟等人"以诗文相倡和"一般，劳乃宣也基于遗民的角度，多次参与同题群咏，以抒发情怀。最为明显的是为"南皮张氏二烈女故事群咏"。天津南皮做小生意的张绍廷、金氏夫妇，家贫，靠租赁车辆维持生计。一日，张绍廷丢失所赁车辆，无力偿还，专门蓄妓的戴富有及其同党王定山设计，假意以张氏二女张立、张春嫁与戴富有独生子，名为其解困，实则欲将二女送与妓院。金氏得知后极力反对，并决意解除婚约，戴、王遂讼于地方法院及高等法院，两级法院不察实情，判决支持戴、王之请，二女坚决不从，吞火柴磷自尽，是为张氏二烈女故事。由于曾任浙江巡抚的张曾敭是二女同族，故经其推介，在遗民中形成强大的群咏事件。劳乃宣所作的《古诗为张氏二烈女所作》是他最长的诗，同时为此事作诗的尚有章梫、张人骏、刘廷琛、胡思敬、周庆云、王国维、张曾敭等人，从而形成强大的舆论氛围。而劳乃宣的《釜麓归耕图》《劳山归去来图》也引发一众遗民诗咏。1912 年，辛亥革命后，劳乃宣遁居涞水，同为遗老的刘伯绅为其绘《釜麓归耕图》。1913 年冬，劳乃宣应德国人尉礼贤之邀，全家移居青岛，为此劳请嘉兴同乡金甸丞绘《劳山归去来图》，1915 年，劳又请林琴南绘《劳山归去来第二图》。上述两幅画，经劳乃宣的运筹，先后有陈宝琛《题韧叟釜麓归耕图》、杨钟羲的《韧叟劳山归去来图》、郑孝胥的《题劳玉初归去来图》、章梫《叠韵题劳玉初丈釜麓归耕图》等。

另外，劳乃宣还积极参与刘廷琛《潜楼读书图》群咏，梁鼎芬崇陵种树、祭陵祭品群咏，王舟瑶《后舟草堂》群咏，孙隘庵《南窗寄傲图》群咏，唐元素《湖山招隐图》群咏，刘世珩的《枕雷图》群咏，这些群咏充分表明了劳乃宣的遗民身份以及其隐逸思想。在《题刘幼云潜楼读书图》中，在回顾潜楼一生的形迹后，在清朝覆灭之时，他只好"把臂互凄咽""避秦桃花源"，于是"但求所读书，对之无怛悌"则成为他的追求。在"与子携手归，同归首阳蕨"的激励中，希望"再读楼中书，百忧一时豁"。可以说，劳借潜楼读书归隐的意趣表现得淋漓尽致。

四、以诗存史。"诗史"自唐代以来逐步成为中国古典诗歌传统的一个重要命题，以诗存史的观念也根植于劳乃宣的精神之中，其诗词及自序、自注等记录，体现了一定的历史文献价值。突出表现在"丁巳复辟"以及"奏请德国联姻"两件事情上。关于"丁巳复辟"，他在《自订年谱》中称："五月，奉复辟之旨，简授法部尚书，具疏以衰老开缺，俾以闲散备咨询，未达而变作……"同样在他的《日归暂咏》也有表述："侨居阙里（曲阜），忽忽经年，时局多虞，未能即作归计……"同样的内容，劳乃宣在致罗振玉函中告知："国中大局奇变迭生，今夏复辟之举，一梦华胥，尤堪痛惜。足下远得传闻，当必知其梗概，慨之情愫必同之。弟蛰居阙里（曲阜），忽膺法尚之令，政府来电促令北上。弟以衰躯难胜重任，复电请代奏开缺，俾以闲散咨询，俟天气稍凉即当赴阙，并一面具折谢恩辞任……"从目前保留下来的劳乃宣档中众人致其书信中，丁巳年复辟前后其收信地址均为曲阜南门大街孔八府曲阜县城西门内仓巷或东门内公利钱局后等处。当时与他书信往来颇为密集的吴郁生在诗中注："韧叟隐居阙里，而报纸又谓其入都奏事……"至于他为何会被任命为法部尚书，不排除沈曾植与陈宝琛的运作。但也有一个说法，即丁巳复辟的主谋张勋十分迷信名字的取法。以劳乃宣其能"勤劳乃克宣达民隐"之意，任命其为法部尚书；任命沈曾植（字子培）为学部尚书，是取其能培植人才之义；任命朱家宝为民政尚书，是因民政部即内政部之变相，"家"字可视为"内"，"家宝"即内务部之"宝"；任命雷震春为陆军部尚书，是因其"春雷滚滚，震耳欲聋"。至于"奏请德国联姻"一节，谣言源头在报章三刊漫画，说劳入都叩寿，请与德国联姻，以图复辟，劳以为前者因作《共和正解》一事，诚属有因，而此事则纯出虚构。"余固伏处阙里，未出一步也，而见谤适以见重，则如出一辙，欲见谤而反以见重，感叹报馆意识之陋，作诗以纪之，诗云：'甕言构出空中想，幻影摹来物外形。累累讥弹严斧钺，我终华衮谢丹青。'"不可否认，他为君主立宪，为清朝，为整个民族之未来作出了自身的努力，其情其志，无须后人站在历史制高点上指指点点。上无道揆，下无法守，岂止晚清。成败属"迹"，又何足道哉！

五、志节追求。就道德追求而言，劳乃宣关注的是节操和节志。这一点表现在他的《张氏二烈女故事咏》、王舟瑶"后凋草堂"等中。以《孙隘堪南窗寄傲图》为例，南窗寄傲图记全文分三层：第一层写陶渊明弃绝世务、隐居求志；第二层写自己对陶渊明之敬仰；第三层交代了为何绘图，因之景仰，也因寄所托，"今作斯图也，亦以寓其乃心云尔"。此是《南窗寄傲图》之形成。孙以此图托物明志，表达自己不与世俗同流合污、隐居求志的志向。"傲骨棱棱遗浊世，孤怀耿耿念神州"，他念念不忘已经覆灭的王朝，因此借题图寄寓自己的"亡国遗臣"的感慨。"堪羡幽栖是吾土，不须慨赋仲宣楼"，更是将自己所处的年代与王粲所处的东汉末年相较，表明自己具有高尚气节和贞洁高风。"尉君代租，有屋十间，月租价洋六十元，无庸自出。又月赠束脩五十元"。由于青岛生活费用昂贵，劳乃宣一家每月需八九十元，不敷三四十元则由里中庄产接济，劳乃宣感觉"足以自给"。

六、怡情之乐。劳乃宣的诗词，在关注政治性主题外，也涉及"十老会"、诗社、祝寿等诗酒唱和、怡情逸性的内容。如《东归复咏》以及《东归复咏之二》中，大量地涉及青岛的景观，如《海滨步歌》《海滨德人旧炮台》《游会泉谒恭邸》《意国飞机莅岛》等，大都是写景状物抒情之作，描述青岛的山光水色、风土人情、文化遗迹，具有弥补青岛历史文献的价值。表面上寄情于山水，内在则表达他在青岛生活的真实感受。而为他人做寿，先后有《赠孔晴甫①内弟即祝其六十生日八十韵》《祝温毅夫侍御母夫人八十大寿》《祝关息侯②母夫人七十寿》《曹君直侍读太夫人八十寿辰》《祝陈弢庵太保七十双寿》《祝恭邸四十寿》等诗作。

七、语言特色。辛亥革命后，劳乃宣改号"韧叟"，表明自己尊崇清朝的坚韧立场。后又改号为"无功老人"，尽管自己为之付出了心血，但最终还是劳而无功。以易号的方式来暗合清朝已灭亡的现实。对于民国年号，他也予以拒绝或加以抨击。几个特殊的文字可以证明其对清朝的留恋。如"阳九"，在宋洪迈《容斋随笔》卷六有"百六阳九为厄会"之说，由此，阳九成为灾祸、厄运的代名词和社会动荡变迁、时代鼎革的象征。在《寄赠日本一宫君》中有

---

①孔晴甫：即孔良甫，字庆霖，号晴甫，山东曲阜人，孔子第七十三代孙。劳乃宣妻弟。
②关息侯：金梁（1878—1962），满洲正白旗瓜尔佳氏，号息侯，又号小肃，汉姓关，杭县（今杭州）人。清光绪二十八年（1902）举人，三十年（1904）进士。历任京师大学堂提调、民政部参议、奉天政务厅厅长，民国成立后，任清史馆校刊总阅、农商部次长。著有《四朝佚闻》《奉天通志》《近世人物志》等。

"神州遘阳九，霾曀漫苍穹"的感慨，又比如在《絅儿来，书以妇邵四十生日乞诗，荣之赋此以示》中，有"百六厄阳九，天运循转轮。再过二十年，大地应回春"之句。又如"义熙"（405—418年）是东晋安帝司马德宗的第四个年号，义熙元年，陶渊明为彭泽令，后辞官归隐。但陶对晋代故主难以忘怀，将其最为推崇的菊花改称为义熙花，以示不忘故主之意。"义熙"典故的出现，也给了劳乃宣一个抒情意象，他借此表明自己对清王朝的眷恋。在《题朱燮臣明湖纪游图》中，他写道："拈得小诗草纸尾，孤怀愿附义熙传。"又如《清明游九水》中，有"莫与青山论甲子，置身恍到义熙前"。故国的花犹在，而莳花之人已失去乡国，成为流落之人，只有义熙花既能使他保持与故国的联系，又能使他保持与欣赏义熙花的遗民同病相怜的情怀。再如"癸丑"，是一个寻常纪年，但是1913年这个癸丑，却被清遗民视作一个特殊的时段。因为其时已为民国，而非清朝。如《釜麓草》序中述："辛亥国变，遁居涞水之乡，典田躬耕，再易寒暑至癸丑之冬，移居青岛。"而《归田赘咏》之二均作于癸丑。又如"黼冔"，指殷商时代的帽子，绘有黑白斧形花纹，出于《毛诗正义》训《诗·大雅·文王》。在劳乃宣看来，黼冔俨然成了清朝的官服，代表自己对故朝的留恋。在《东归剩咏》中有："尊姐将将玉座寒，盈亭黼冔尽殷冠。"在《梁节庵种树崇陵》中有："路门晨趋臣一个，殷家黼冔何跄跄。"《东归别咏》之二有："亡国孤臣海曲来，殷家黼冔剧堪哀。"在《祝陈弢庵太保七十双寿》有："盈庭尽黼冔，称祝齐跄跄。"

四

劳乃宣诗词在《桐乡劳先生遗稿》[民国十六年（1927）]桐乡卢氏刊本中收录最多，其诗词在此集中第六、七、八卷。此本据张立胜先生考证，应有四个刊本，即1927年开雕本、1927年冬日校刊本、台湾台北艺文印书馆版本和1964年台北文海出版社版本。《近代中国史料丛刊》（沈云龙主编，第36集）是此书的复印刊本。2009年王伟勇、简锦松、吴荣富主编的《民国诗集选刊》第24辑也是此本的复印件。另外，《归来吟》系劳乃宣于1916年委托罗振常（罗振玉兄）所刊刻，共二卷，上卷题《归棹埙篪》，收入劳氏甲午至癸卯间所作《归舟预咏》《归程试咏》《归舟初咏》《归舟续吟》《归舟续咏》《归舟三咏》《归舟后咏》等记其南归始来，间有其兄劳乃宽（字偶庵）唱和之作；下卷题署《归林余响》，则包括《归田赘咏》、《归田赘咏》之二、《东归剩咏》、《东归别咏》、《东归别咏》之二、《日归暂咏》等，多为辛亥后在河北涞水、山东青岛、曲阜时所作。上述诗集，在《中国近代史所藏清代名人稿本抄本》中，有劳乃宣自己整理的手写本以及手稿，此本与正式刊印的文本亦有些微的变化。在《中国近代史所藏清代名人稿本抄本》中，有其次子劳健章（笃文）整理的《韧叟诗存》与《韧叟词存》。本书以通行《桐乡劳先生遗稿》为主本，加以上述各本予以校对而成。在《劳乃宣档》中可以发现，劳笃文对诗词加以整理，并与陶葆廉有多次书信沟通，其中他写道："右自赠章生昆季至甲子北上，别有诗若干首。绸章（字阁文）早年所录，庚寅纳姬与桑乾二首，前年健章于桐乡所藏故纸中检得，皆手稿，桑乾一首无题，字多涂改，疑是未定稿，为何人题？自作或代作？皆不可考，云云。"

劫余草

余幼耽吟咏，而所作不多，散置簏衍，未尝汇录成帙。辛亥之秋，自江宁提学任内以事入都，未以自随，革命之变，廧为兵据，与所藏书籍同付劫灰，敝帚虽微，不无自惜，就所记忆聊存爪印。

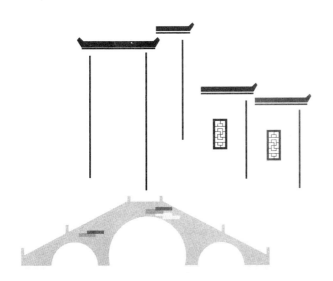

贻章绍生、伟生、受生昆季①

男儿立身期不朽，读书岂特资耳口。

至性长存天地间，富贵浮云亦何有。

我生有志苦未逮，此意硁硁恒自守。

卓哉吾徒二三子，头角峥嵘出尘垢。

一朝抗怀希古人，吐气如虹贯牛斗。

伯也用心能静专，仲也目底牛全无。

随肩小弟亦歧嶷，英气勃勃生眉端。

殷勤为我述所志，后生直欲追前贤。

窃闻学问重寡过，愿得努力全其天。

我闻此语得未有，狂喜不觉忘眠餐。

为尔历历倾肺腑，此事曾经识甘苦。

石中玉蕴山自辉，大璞不完同瓦甄。

冰壶秋水自盟心，炫璧须知易招侮。

一言勖汝还自勖，莫使初心负幽独。

后凋勉作岁寒松，晚节期为傲霜菊。

名山大业在千秋，他日相逢刮吾目。

①章绍生、伟生、受生：指时任大名知府范梁（浙江杭州人）的三名外甥章承瓚、章承健、章承保。

舟行夜至夏镇①

杂树阴浓夹岸生，清溪一道望中明。

秋星堕水疏无影，夕露零花静有声。

人语渐多知市近，渔灯不动识波平。

沿堤鸥鹭都眠稳，容我扁舟自在行。

闲居

欲赋闲居懒费辞，衡门寂寞且栖迟。

难谐流俗原非病，坐享清贫未是痴。

椎髻妻能知讲学，白头亲不废吟诗。

老奴也识书中味，执卷咿唔学课儿。

小病不出户用五仄韵

小病不出户，习静抱影坐。

拨火半芋熟，隔院一磬堕。

意定百虑寂，恍若不见我。

此境岂易得，勿药亦自可。

---

① 夏镇：今属山东省济宁市微山县。清时分属沛县、滕县。诗稿中"至"为"到"。

道出内邱①，访孔良甫②，留饭③，旋别去

日脚下平地，孤城烟火迟。

黄尘吹破帽，来践故人期。

喜极言无序，谈深酒不辞。

旧游共回首，惟有白云知。

酒罢黯然起，开门月满身。

相将送歧路，不觉出城闉。

市静霜华冷，林疏鸟梦驯。

再来须记取，此别见交亲。

殿试归班出都作

惘惘出都门，风沙极目昏。

升沉原幻境，得失总君恩。

家近心翻愧，亲慈色定温。

莫嗟生计拙，犹有砚田存。

---

①内邱：地名，今称内丘，属河北省邢台市，清时属直隶省顺德府。

②孔良甫：见第8页。

③饭：诗存作"饮"。

车厂歌①

车厂村②，在涞水县西北山麓，村地三十余顷，有十余顷为佃种礼王府猎户之地，余皆民业也。清同治间，以欠租涉讼，奸猾之徒勾结王邸家奴，诬指合村皆王府产，挟县令插旗定界勒交重租，村民不服，结讼累年，瘐死囹圄，叩阍跸路，卒不得直。清光绪丁丑冬，诉于制府，檄余察治稽核，案牍周③履，原隰具得其情，将陈诸上官，以白其枉，诗以纪之。

车厂村，青山为壁溪为门。

中有良田几千亩，父老苗畬子孙守。

上有租税供天家，下有余粮活子妇④。

生不见县吏面，老不入县官衙。

年年饱看桃源花，一朝部符忽下县。

农家田是王家佃，分茅故府有藏书，

蕞尔齐民敢私擅。

赫赫王家奴，巍巍贤令君。

红旗耀白日，遍插峰头云。

峰头云，泪如雨，从此农家无寸土。

王家赋重皇家轻，嗟我乃作王家氓。

催租吏来谷未熟，鸡飞过篱儿女哭。

吞声不敢惹吏嗔，拼向前村卖黄犊。

我今捧檄来咨询，村民语我双泪沦。

---

①原稿一作"前车厂歌"。

②车厂村：位于今河北省保定市涞水县娄村镇。

③《桐乡劳先生遗稿》（民国十六年桐乡卢氏刊本，下称"遗稿"）作"同"，劳乃宣诗稿（下称"诗稿"）、《韧叟诗存》（下称"诗存"）作"周"。

④原稿无此两句。

但愿死作皇家鬼，不愿生作王家人。

村民村民休蹙蹙，此日明良正相勖。

为尔谱作车厂歌，聊当监门图一幅。

西乡①按事。朝往夕还，途中作

遍野骄阳雨乍晴，轻幨短策出边城。

横空海色齐天碧，退岸潮痕荡地平。

时与村童论句读，每呼从吏问山名。

簿书丛里逢斯境，褦襶何辞触热行。

秦王岛下返吟鞭，三两渔家隐暮烟。

野水纵横芳草地，乱山明灭夕阳天。

舆中梦醒思犹远，马上诗成句未圆。

遥指石河河畔路，星星灯火候前川。

出义院口②

四面青山互送迎，濛濛边柳接长城。

偶行幽谷疑天小，忽上危峰羡地平。

绝巘云生双堠失，孤村烟霭半林明。

倚门戍卒闲无事，沙水涓涓入塞清。

①西乡：古县名，今属河北省涿州市境。

②义院口：长城关口之一，位于今河北省秦皇岛市驻操营镇。

山行即目

峦光如沐雨初晴，天畔朱霞断续明。
行到峰头一舒眺，山云突兀海云平。

与内子①检旧诗赋赠

丁卯冬（全集中）另在档中诗稿见"丁亥冬完县官舍与静涵内子谈往事，诵我旧作有感，赋赠即希正可"。

旧作重吟百感生，多君怀抱有余清。
未娴声病谙诗味，惯理齑盐淡宦情。
老大渐知归去好，少年真悔别离轻。
买山何日能偕隐，布谷声中课耦耕。

①内子：劳乃宣妻孔静涵（1839—1888），名蕴徽，山东曲阜人，孔子第七十三代，卒葬苏州荣家山劳氏坟墓。

完县①调任留别士民

一缄铜符近四年，伊山祁水总前缘。
神尧列庙②遗风旧，盘古名村③朴俗全。
堆案乍稀还把卷，放衙才罢便挥弦。
莱芜纵使尘生甑，已是端居费俸钱。

木兰祠④下水潺潺，虚境堂前草色殷。
小院墙低宽得月，荒城堞破饱看山。
野多宿麦知民乐，庭有幽花愧吏闲。
三径无资归未得，聊将官阁当柴关。

壮哉楼已迹成空，莫问陈侯吊故宫。
未卖佩刀惭渤海，聊投博具效陶公。
慢讥俭啬同唐俗，差喜弦歌近鲁风。
笑我簿书尘满眼，也从多士订鱼虫。

量移忽报下官符，黯黯离情满此都。
稻蟹未谐归隐计，篠骖终作再来图。

①完县：县名，今为河北顺平县，1993年改为今名。民国二十三年（1934），彭作桢撰《完县新志》之《完县文征》录有此诗，文字略有不同，如"伊山祁水"作"祁山曲水"，遗风"旧"为"厚"，"费"俸钱为"愧"，"慢"讥为"谩"，木兰祠"下"为"畔"，"绕"郭为"负"。
②神尧列庙：传说完县为尧帝故里，有尧庙，位于今河北顺平县西伊祁山。
③盘古名村：位于完县大悲乡盘古村（今富有村），距县城五十里，传说为盘古诞生地。
④木兰祠：原为汉孝烈将军庙，为纪念木兰所建。

充楹古籍三千卷，绕郭新桑八百株。

寄语后人勤护惜，他年鸿爪认①模糊。 书院购书数千卷，郊外种桑数百株。

完县得代未行暂居署中偶成

黄绸睡足日迟迟，衙鼓喧喧一任之。

洗砚朝看儿课字，挑灯夜共妇论诗。

暂抛铜墨闲如此，竟弃簪裾乐可知。

领略无官风味好，故山猿鹤倍相思。

莲池②感旧

池馆重来往事非，林鸦囿鹿认依稀。

临漪亭③畔毵毵柳，犹自长条拂钓矶。

三辅征文重史才，一时宾从尽邹枚④。

诗人零落梁园冷，槛外棠梨冻不开。

醉翁去后白鸥寒，无复朱弦古调弹。

今夕响琴泉上月，可能照梦到长安。

---

①认：诗稿、诗存均作"忍"。

②莲池：即今河北省保定市古城中莲花池，其中莲池书院属清代著名书院之一，劳乃宣曾入书院随黄子寿学。

③临漪亭：又名水中亭，今名水心亭，清同治年间"莲池十二景"之一。

④邹枚：汉邹阳、枚乘之并称，借指富有才辩之士。

花满芳塘月满廊，当年诗酒太轻狂。

石桥寂寞春芜没，老树无言对夕阳。

华屋深沉翳绿萝，眼前风景异山河。

谢公无恙羊昙逝①，更比西州热泪多。 王甥恩绶②昔从读书

于此，今天折矣。

坠欢如梦怕重陈，惟有何戡是旧人。

同把一杯天欲暮，楼台烟雨不胜春。

拟李义山③隋师东

杖钺东征百万师，海滨黎老望旌旗。

如何介子④偏欺敌，翻使匈奴悔自卑。

凤阁不闻操胜算，鸡林空见撤藩篱。

启民帐里潜通使，莫怪徘徊在路歧。

---

① 全句：语出"谢公扶病，羊昙探涕"之意。

② 王恩绶：系劳乃宣长姊劳若华与王桂森之子。

③ 李义山：李商隐（813—858），字义山，号玉溪生，晚唐著名诗人。

④ 介子：傅介子（？—前65），西汉昭帝时人，以符节出使，诛楼兰王，安归。

晚眺写怀

层阴起寥沉，天地飒已秋。

行行近水滨，照影空潭幽。

西风卷水来，吹起客子愁。

登临苦无侣，怅望高城楼。

白云渺何许，乡思不可收。

遥知小亭际，落日衔帘钩。

高槐屋后树，叶落枝蟠虬。

篱豆窗前花，秋来开渐稠。

婉婉小儿女，花下来歌讴。

攀取近地条，折花娱白头。

我母方念远，对此能忘忧。

携幼出檐户，适兴间夷犹。

承欢椎髻妇，罢绣随杖鸠。

驱鸡上埘桀，课婢浇瓜畴。

寒厨晚饭熟，满院炊烟浮。

甘菘与苦笋，一一供庶羞。

共说天末人，不知今安不。

嗟予拙生计，稻粱无善谋。

年年远行役，道路阻且修。

稍喜羁旅中，兄弟犹相俦。

偶吟归家诗，击节互唱酬。

安得理家具，一棹江南舟。

卜居青山边，门外清溪流。

煮粥与子①餐，蜡屐从兄游。

---

①子：诗稿作"姊"。

得为百亩农，讵羡万户侯。

所愿良不奢，此意空悠悠。

苍茫独立间，暝色昏梧楸。

新凉晚逾峭，宿鸟喧喞啾。

去去且还寝，归梦恣所投。

野气澹欲合，空翠余汀洲。①

葺吴桥县②署楼成感赋

故乡无地起楼台，且剪河阳旧草莱。

远树参差城不隔，曲栏高下月频来。

每移短榻当风卧，或买闲花趁雨栽。

可惜房栊清绝处，芦帘纸阁梦空回。 <small>时方悼亡未久。</small>

哭菊姊③四律 （咸丰庚申）

当年聚首乐天伦，选韵论诗雅事均。

骨肉独深知己感，乱离同作异乡人。

仓皇永诀空怜弟，沉痛遗言尚慰亲。

呜咽风前数行泪，白杨衰草哭青磷。

---

①诗稿中有此三句，其余印本均至"梧楸"止。

②吴桥县：今属河北省沧州市，清时属直隶省河间府景州。

③菊姊：指劳若玉（1838—1860），劳乃宣二姐，清咸丰九年（1859）适山东曲阜候选运库大使孔庆霖。次年病故于江苏泰州。

濒危情景剧堪悲，伤到心寒似死灰。
一撒手成千古别，九回肠迸百重哀。
同根痛欲连燕塞，弱息魂应待夜台。
儿女英雄诗谶在，天涯何地把愁埋。

检点遗篇痛转加，沾襟空有泪如麻。
婴砧寂寞天涯月，江笔凋残梦里花。
来去因难参佛果，死生理欲问南华。
连枝遽折伤心甚，又见秋风雁字斜。

风雨凄凉秋气高，悲怀对景不成豪。
长相思最泉台苦，死别离偏手足遭。
造物忌人才更妒，凭天难问首空搔。
帝阍深闭无由叩，何处招魂学楚骚。

赴连镇^①晓行口占

荒城残柝尚依稀，恻恻新寒渐透衣。
积雪生明迎曙色，朝暾逼冷助霜威。
枯林黯淡鸦声寂，平野苍忙雁影微。
莫道郊原行役苦，关山铁骑正星飞。

---

①连镇：原属吴桥县，今属河北省沧州市东光县，又名连窝镇，位于运河之滨。

黄金台①

周网解纽群雄斗，失士者贫得士富。

燕昭好士高筑台，黄金拄斗何崔嵬。

剧辛乐毅②亦奇杰，士也乃为黄金来。

骏骨价高自隗始③，金多便足致千里。

荆轲④一去不复还，士也乃为黄金死。

黄金散尽荒台倾，故宫漠漠禾黍青。

凭高吊古夕阳冷，至⑤今惟识黄金名。

吁嗟乎，至今惟识黄金名，黄金名重士节轻。

君不见，义不帝秦鲁连子⑥，挥手千金拂衣起。

百尺高台东海滨，清风千古沧溟水。

———————

①黄金台：亦称招贤台，为战国时燕昭王所筑，其遗址已不可考，此处指河北易县燕下都城址内。

②乐毅：生卒年不详，中山灵寿人，辅佐燕昭王振兴燕国，合纵攻齐，功败垂成。

③全句：典出《战国策》谋臣郭隗以"骏骨吸才"之策劝说燕昭王真心求贤之事。

④荆轲（？—前227）：战国末卫国人，刺客。

⑤诗稿作"知"。

⑥鲁连子：即鲁仲连（约前305—约前245），又名鲁连，战国时齐国人。周游列国，精于策划。

归舟预咏①

　　宦游燕赵垂二十年，倦翼思还，初衣莫遂，乃欲改官南服，渐作归图。斯愿未酬，已先神往，于是空中结撰，想入非非，预吟归去之辞，聊慰跂予之望，或可为异日归程之左券也乎。②

一笑铜章脱手轻，荷衣未著梦先清。
只惭十载黄绸被，辜负衙前打鼓声。

漫云便去侣樵渔，且近家山作客居。
莫笑归装太轻简，一船明月半船书。

篷窗儿女小团栾，更觉江湖万顷宽。
一任风波行不得，舵楼饭熟总加餐。

烟村暖暖断霞明，官柳疏疏媚晚晴。
指点青山似相识，布帆无恙画中行。

挂剑台③空蔓草荒，洪流落照晚茫茫。
扬舲莫唱公无渡，过得黄河近故乡。

---

　　①此组诗另名《归棹埧麾》，列入劳自印《归来吟》。
　　②《归来吟》中有"甲午冬日矩斋"。
　　③挂剑台：又名季子挂剑台，原位于江苏省睢宁县故黄河北岸，后移址于今徐州泉山区云龙山麓。

飞虹桥①畔小停舟，访古先登太白楼②。
肃肃霜风吹短鬓，白杨村③郭拜松楸。

微山湖水碧于油，岚翠重重压客舟。
旅雁一声双桨去，荻花如雪不胜秋。

我来击楫问江灵，东去长波望沓④冥。
不见金焦⑤三十载，依然螺髻两青青。

山温水软到江南，柔橹声中午梦酣。
回首年年行役地，一天风雪扑征骖。

灵岩山⑥色最玲珑，云树烟峦插远空。
帆转不知看几面，吟情飞过具区⑦东。

乍系轻桡傍阖庐⑧，料量家具到琴书。
衡门何处饥堪乐，便欲牵船岸上居。

十年宦海欲抽身，还作江乡赁庑人。
三径荒凉松菊在，始知陶令未全贫。

---

①飞虹桥：位于山东济宁市老运河上草桥与大闸桥之间，俗称"南门桥"。
②太白楼：位于今山东济宁，原名太白酒楼。
③白杨村：位于山东济宁曲阜。
④沓：诗存、《归来吟》均作"杳"。
⑤金焦：镇江金山、焦山合称。
⑥灵岩山：位于苏州木渎，山因奇石而著称。
⑦具区：太湖古称。
⑧庐：《归来吟》作"间"。

归程试咏

甲午之冬，作《归程预咏》十二绝①，忽忽六七年，此愿未酬，今岁以事得代送孥阙里，行将乞罢，遂我初志，途中得诗，题曰《归程试咏》，以示此行非归而为得归之渐，他日果得真归，当再继咏以志吾幸也②。

真个铜章脱手轻，孤云一片任纵横。
多情惟有楼头月，照见冰心澈底清。

敝车款款出郊坰，雨后新苗满眼青。
差喜农家犹把耒，烽烟咫尺即边庭。

祖帐莘莘列豆笾，一杯相属意茫然。
休题竹马相迎事，鹤俸虚縻已十年。
野店荒凉面面风，安排家具傍牛宫。
笑看烂漫诸雏睡，便入羲皇③世界中。

当年预咏归舟句，柔橹声中午梦酣。
鞭影摇摇刚一觉，吟魂恍已到江南。

沙堤如砥走轻雷，极目平芜倦眼开。
过尽绿杨三万树，浮岚几叠送青来。

三十年前此渡河，鸿泥何处问颓波。
河声岳色还依旧，赢得行人两鬓皤。

---

①诗存、《归来吟》有"为南归之息壤"字。
②《归来吟》后有"庚子六月矩斋"。
③羲皇：即伏羲氏。

迤逦深林渐入山，山村惟见水潺潺。
谁知几曲羊肠路，忆在层峦杳霭间。

四山苍翠染巉岩，侵晓眉痕斗镜奁。
忽见朝曦出东海^①，一时红遍万峰尖。

陟彼崔嵬我马瘏，慢将况^②瘁感征夫。
茫茫宦海收帆后，任尔崎岖总坦途。

汶水滨连泗水^③滨，磨驴步步认前尘。
不知沂水^④春风侣，童冠而今剩几人。

古泮池^⑤边慢^⑥款扉，征装暂解便如归。
何须化鹤三千岁，城郭人民半是非。

①海：诗存、《归来吟》均作"岭"。
②况：诗存作"沉"。
③泗水：即洙泗河，原为淮河支流。
④沂水：即沂河，属淮河流域泗沂沭水系中较大的河流。
⑤古泮池：指保定莲花书院。
⑥慢：诗存及《归来吟》作"漫"。

闻迁京秩感赋

风尘廿载绶仍黄，忽缀天街鹓鹭行。

我已青山期誓墓，那堪白首更为郎。

春明门①外千条柳，烟雨楼②前十亩桑。

说与天涯倦飞翼，何须卜肆问行藏。

归舟初咏

甲午冬作《归舟预咏》，今年夏作《归程试咏》，皆以寄归思未得归也。七月，吾兄先归，作诗寄和，质言之曰《归舟咏》。闰月，予乞假得请放舟而南，今乃渐得归矣！川途所经景物，非一风雨晦明，郁舒欣慨，有触于中，一以见之，吟咏有得，辄书杂沓无序，题曰《归舟初咏》，将以至日呈吾兄焉。③

年年梦里上归舟，今日归心证白鸥。

三十五年真一梦，观河惟见雪盈头。 遇江南军队乘舟北上。

客路孤舟几度经，浮家又复此扬舲。

鹤汀凫渚曾行处，说与家人一一听。 先伯姊④昔居淮安。

---

①春明门：古长安城门名，借指京城。

②烟雨楼：位于今嘉兴南湖湖心岛上，始建于五代后晋年间，后毁，明嘉靖年间重建，几经兴废。现楼为民国七年（1918）重建。

③《归来吟》后署"庚子九月矩斋"。

④先伯姊：指劳乃宣长姊劳若华（1834—1893），嫁山西文水县人王锡蒲之孙王桂森。

推篷不避晚风寒，漠漠湖天望眼宽。
无数乱山残照里，晴云高处一雕盘。

戈船络绎耀麾旌，北望妖氛暗帝居。
我坐篷窗无一事，呼儿重理读残书。

古堤衰柳不成林，落日孤帆雁影沉。
又过淮阴城下路，西风何处吊嫠砧。

几家茅舍饮溪光，小市人归集野航。
沙上罟师颠似雪，渡头浣女足如霜。

露筋祠①下水沄沄，甓社湖②边日又曛。
波底落霞红似锦，一枝柔橹荡成纹。

烟波浩渺荻花秋，云影苍茫远树浮。
刚是重阳消息近，一天风雨到扬州。

江上东风阻客程，瓜州渡口③晚潮生。
一宵篷背潇潇雨，凉入秋衾梦不成。

忽见邻舟菊莩新，题糕今日是佳辰。
遥知独插茱萸处，正数归程忆远人。

①露筋祠：位于江苏高邮，为敬祀唐代一女子所建之祠，又称仙女庙。
②甓社湖：位于江苏高邮西北，原为古淮扬运河边一个湖泊。
③瓜州渡口：位于扬州，乃千年古渡。

咫尺金焦不可攀，澄江如镜浸烟鬟。

无田亦作归来计，应免江神怪我顽。

万顷沧波月半轮，水天一碧渺无垠。

江明炬火飙轮过，不待东坡诧鬼神。

数峰倒影净娟娟，极浦霜林霭暮烟。

潮满波平风定后，轻舟忘却在江天。

波上联艐系缆牢，石尤风劲[1]浪花高。

蒿师无事摊钱坐，惟见遥岑浴暮涛。

连日风波行路难，今朝击楫渡晴澜。

画桥红树江南路，夹岸猗猗竹万竿。

携幼来寻第二泉，妙高台[2]俯万家烟。

依稀五十年前梦，却顾童乌一惘然。　予年七岁游惠山，今挈
健儿[3]来游亦七岁。

回舟重上小金山，面面楼窗纳远峦。

犹记红羊前日事，劫灰遍地夕阳殷。　乙丑乱甫定，过小金山，
犹一望荒芜，今楼阁焕然矣。

欸乃中流睡兴浓，觉来残梦尚惺忪。

乌啼月落枫桥泊，无复寒山寺里钟。

---

①劲：诗存作 "动"。

②妙高台：又称晒经台，位于江苏省镇江金山寺，为宋代僧人佛印所建。1948年毁于火，
1991年重建。

③健儿：劳健（1894—1951），又名劳健章，字笃文，劳乃宣次子，精书法，善治印，
著有《篆刻学类要》《老子古本考》等书。

胥江秋水倍澄鲜，到耳吴音软似绵。
莫说幽燕旧游地，长蛇封豕沸山川。

依约池塘旧梦踪，江乡白首竟相逢。
便当共筑三间屋，长向西头著土龙。

归舟续咏

今秋南归作寓公于吴门，虽归而犹未为归也。冬日挐舟，自吴门而嘉禾而桐溪而武林，返棹小住禾郡①，赁屋数椽，将于来春卜居焉。归计乃渐有涯际矣，陆续得句，题曰《归舟续咏》，以继前作②。

斜风细雨打船头，恻恻轻寒上敝裘。
笑我归来还作客，阖庐③城外一孤舟。

宝带桥④长水国阴，垂虹亭⑤古夕阳沉。
山邱华屋皆零落，持比西州感更深。幼时，随侍沈氏先母舅⑥
震泽衙斋，廨宇已遭兵燹，外家先茔亦毁于乱兵⑦。

①禾郡：即嘉兴，时赁居嘉兴西门内徐家埭。
②《归来吟》有"庚子十二月矩斋"。
③庐：《归来吟》作"间"。
④宝带桥：位于苏州，别名长桥，与古运河平行，系中国古代十大名桥之一。
⑤垂虹亭：位于苏州吴江松陵镇之垂虹桥上，又名钓雪亭。始建于宋庆历八年（1048）。
⑥沈氏先母舅：即沈则柯，一作沈则可，字花溆，号仲芬，浙江嘉兴人，沈涛子，监生。历任丹徒、吴江、金匮、震泽知县。
⑦兵：《归来吟》、诗存均无此字。

莺脰湖①平打桨迟，落帆亭②畔落帆时。
小长芦水何清浅，不见填词老钓师③。

愧无三径辟蒿莱，陶令空歌归去来。
流水抱城桑绕郭，梧桐乡里④客舟回。

修竹丛边百丈牵，数声柔橹破寒烟。
皋亭山⑤近波通筅，赤岸桥⑥低月满船。

莫问杭州旧酒痕，筹篷蜡屐涌金门⑦。
平生惯作西湖梦，踏上苏堤慰旅魂。

无花无柳静寒漪，水色山光分外奇。
西子天然好颜色，淡妆毕竟更相宜。

环翠楼⑧空落照孤，雪泥陈迹已模糊。
吴山顶上重舒眺，依旧前江与后湖。

①莺脰湖：又名莺湖，位于江苏吴江平望镇，古称樱桃湖。
②落帆亭：位于嘉兴城北运河边杉青闸处，传为宋代遗构。
③全句：小长芦，长水旧名；钓鱼师，系指朱彝尊名号，朱彝尊（1629—1709），浙江秀水（今嘉兴）人，字锡鬯，号竹垞，清康熙十八年（1679）举博学鸿词，授翰林院检计，参修《明史》，后受劾罢官，著有《经义考》《日下旧闻》《明诗综》等。
④梧桐乡里：指桐乡县城梧桐镇，今改为街道。
⑤皋亭山：位于杭州东北隅，亦名半山。
⑥赤岸桥：位于杭州上城区赤岸河北岸，因土赤而名，始建年代无考。
⑦涌金门：系杭州古城门之一，属西城门。
⑧环翠楼：位于杭州胡庆余堂南，曾名大隐坊。

朔风猎猎返吟航，一棹沿洄上下塘。
衰柳荒芦都入画，帆随岸转御儿乡^①。

临流塔影映三三^②，暂浣征尘客梦酣。
试觅儿时嬉逐地，芝桥^③一曲水拖蓝。

又向鸳湖^④泛画船，疏林曲榭蘸波圆。
红楼剩忆空中影，弹指游踪四十年。 鸳湖亭榭多已修复，
惟烟雨楼未建。

范蠡湖^⑤上访荒祠，玉座仙衣绝代姿。
我薄陶朱耽浊富，登堂只合拜西施。 范蠡湖有陶朱公故里
碑、范大夫祠，祠有西施像。

买邻百万愿犹赊，赁庑^⑥先寻水一涯。
好待东风双桨便，韭溪^⑦月下看梅花。

金陀故里^⑧草离离，梁燕归来异旧时。
我是天涯倦飞翼，倦翁门巷合栖迟。 赁屋于岳氏，乃倦翁
裔，距金陀别墅故地不远。

---

①御儿乡：古地名，越地之北界，《越语》称"至御儿"，《越绝书》称"至就李"，
大致属原崇德县，今桐乡市境。

②全句意：指嘉兴西门外京杭运河畔三座塔，原茶禅寺前，初建于唐，后毁。

③芝桥：位于嘉兴荐桥河上的石桥，今勤俭路一带。

④鸳湖：即鸳鸯湖，位于嘉兴，原指西南湖，后泛指南湖。

⑤范蠡湖：位于嘉兴，相传为范蠡偕西施泛舟五湖之隐居地。《归来吟》"蠡"作"家"。

⑥赁庑：指劳乃宣暂租嘉兴南门徐家埭岳氏房宅。

⑦韭溪：嘉兴城内一河名，出南湖穿城入运河，与太湖相接。

⑧金陀故里：嘉兴地名，原为金陀坊（今嘉兴第一中学一带），系岳飞孙岳珂故宅。
岳珂（1183—约1242），字肃之，号亦斋，晚号倦翁。

挽袁爽秋太常①

举国皆狂日，孤臣独醒辰。

忠肝古龙比，冤愤楚灵均。

遗疏传荒裔，公评待后人。

尺书犹在箧，重展一霑巾。

鬼道师张角②，神兵弄郭京③。

如何持国柄，翻倚作长城。

我愧多言中，君成不朽名。

生还独天幸，惟痛哲人倾。

空洒苌宏血，狂澜不可回。

属镂方拜赐，越甲竟飞来。

言已彰著蔡，心应白夜台④。

会看褒亮节，千古仰荣哀。

———————

①袁爽秋太常：指袁昶（1846—1900），原名振蟾，字爽秋，一字重黎，号渐西村人，浙江桐庐人。清光绪二年（1876）进士，历官户部主事、总理衙门章京，办理外交事务，后任江宁布政使，迁光禄寺卿，官至太常寺卿。清光绪二十六年（1900）直谏反对用义和团排外，而忤慈禧被处死，谥"忠节"。遗著有《渐西村人日记》《安般簃诗续钞》等。诗存中"爽"作"磈"。

②张角：（？—184），冀州巨鹿（今河北平乡）人。东汉末年太平道首领，黄巾起义领导者。

③郭京：北宋末年人，籍贯、字号不详，自称会"六甲法"法术，终为金兵所杀。

④白夜台：又称升仙台，或老君堂遗址，位于柘城城北远襄镇老君堂村东，相传为道教始祖李耳得道成仙地。

归舟三咏

归舟之作，屡形篇什，初第聊寄归思。至去年之《初咏》《续咏》，而其事渐近。今春携家自吴迁禾，乃真归矣。复得数绝，题曰《归舟三咏》，以志吾幸①。

全家齐上木兰舟，归梦迢迢②逐水流。
可惜东风刚二月，卖花声里去苏州。

一舸松陵③烟水中，篷窗鬓影月空濛。
新词我亦能修琢，只是清歌逊小红。

杉青闸④下水潾潾，杨柳湾⑤头柳色新。
咫尺陶家三径近，渊明犹是未归人。 所居距陶方之⑥督帅家
不远，陶犹督粤未归。

洒扫蜗庐铲绿苔，笔床茶灶绝纤埃。
杏花已落棠梨放，不厌荒园日一来。

---

①《归来吟》有"辛丑二月矩斋"。
②迢迢：诗存作"迫迫"，疑误。
③松陵：吴江县治所在地。
④杉青闸：位于嘉兴市南湖区，素有"运河入浙第一闸"之称，传建于汉，至元朝时已毁。
⑤杨柳湾：位于嘉兴市南湖区，为南宋岳珂所居金陀坊所在，因遍植杨柳而名。
⑥陶方之：陶模（1835—1902），字方之，一字子方，秀水（今嘉兴）人。清同治七年（1868）进士，改翰林院庶吉士。历官甘肃按察使、直隶按察使、陕西布政使、陕西巡抚、新疆巡抚、陕甘总督、两广总督。清光绪二十八年（1902）病逝于广州，赠太子少保，谥勤肃。著有《陶勤肃公奏议》《养树山房遗稿》。与劳乃宣系儿女亲家。

归装检点百无余，惟有充楹万卷书。
从此书城可终老，何须再梦五云居①。

久厌彭泽米五斗，岂恋长安粟一囊。
寂寞衡门自临水，乐饥便是泌洋洋。

归舟后咏

　　余作《归舟诸咏》，与吾兄更互唱酬，后先赓续者八返。辛丑春汇②为《归棹埙篪》，时方俶居郡城，归计犹未甚定也，旋假③馆杭州，于壬寅夏买屋于桐乡，乃有定居之所，方冀白头兄弟同返故巢，再赓前咏，以成佳话，而吾兄遽于是冬殁于吴门。平生所期，遂成虚愿，废业之余，弥增悲慨，曩日篇章，不忍复展，忽忽徂秋，以疾作去馆，自杭归桐，眷兹松菊，俯仰惘然，回忆《归舟预咏》之作，矢愿于甲午于今十稔，始偿斯志，而吾兄不及见矣！感事成吟，杂然有作，目为《归舟后咏》，以附前编，诚不自知其哀乐之何从也！④

怀归梦绕十年前，今日方赓十亩篇。
凄绝机云两头屋，更谁风雨对床眠。

小住西湖春复秋，六桥烟月足清游。
偶然归买柴桑宅，五柳门前水自流⑤。

---

①五云居：明代苏州书坊。
②诗存、《归来吟》后有"录"。
③诗存、《归来吟》无"假"字。
④《归来吟》有"癸卯十二月矩斋"。
⑤全句：谓劳乃宣于清光绪二十八年（1902）购宅于桐乡县城南门宏源桥堍。

率尔扁舟归去来，沙鸥汀鹭两无猜。
船娘腕弱轻桡缓，一任中流漫溯洄。

蘸波桥影卧双虹，洗眼云光豁镜中。
一转横溪便深窈，清流曲曲树蒙蒙。

指点衡门傍水涯，侯门稚子笑声哗。
空阶藓没庭柯老，篱豆初开一两花。

新筑长廊四面回，小亭添在曲栏隈。
呼儿踏遍闲庭草，商略梅花若处栽。

虚斋无壁书为壁，三万琳琅抵百城。
四座古人常晤对，不知尘世有浮名。

粲粲诸雏半黠痴，阿翁聊作抗颜师。
琅琅入耳书声熟，恍忆当年客授时。

幽居莫道都无事，雨夕霜辰亦自勤。
饱撷菜畦携过子，催修鸡栅问宗文。

尘网劳劳三十春，风萍偶泊得闲身。
草堂学稼①名新署，甘效樊须②作小人。

---

①草堂学稼：即学稼堂，系劳乃宣于桐乡梧桐宏源桥堍所建厅堂名，其书斋亦名"学稼"。
②樊须：樊迟（前515—前454），名须，字子迟。春秋末齐国人，孔子七十二贤弟子之一。曾问孔子"学稼"和"学为圃"。

新居门外种桐两株，左一株借东邻陈寿庭之地，诗以纪之

一弓隙地借荆州，种得高梧待凤游。

他日孙枝修百尺，清阴好作两家秋。

游金山作

咸丰辛亥，予从家大人①登金山，方九岁。时金山犹在江中②，历年江渐北徙，金山遂全在陆。清光绪戊申，携儿子健章来游，回首前尘，恍若梦境，感而有作。

忆昔丱角觅枣梨，追随宦辙江之湄。

澄江如镜浸浮玉，亭亭独立空凭依。

扬舲击汰到山脚，松峦萝径争攀跻。

置身恍若践壶峤，洪涛浩淼天四垂。

五十七年迹如扫，青山笑人白发早。

携幼重来觅故蹊，篮舆直上苍崖道。

浮屠新筑何崔嵬，鼓勇拾级穷烟霏。

凭高纵目平野阔，菜畦麦陇依山隈。

---

①家大人：指劳勋成（1813—1856），字汝懋，号介甫，亦号桐叔。劳乃宣生父，沈涛婿，监生，历官直隶滦州榛子镇巡检、天津府青沧减河李村巡检、江宁布政使司仓大使。以从征镇江积劳病故，追赠州判衔，卒葬苏州吴县五都六图兴福塘内船坊荣家山。

②诗稿及诗存有"与焦山对峙"。

沧桑变幻电光速，何待仙人筹满屋。

平生能著几两屐，但逢好山要投足。

我今方作汗漫游，扬尘会见东海头。

笑与山灵再相约，他年见子江中流。

李一山①携姬人游学日本，举一子，摄影题诗有句云："但愿聪明莫愚鲁，饱经灾难不公卿。"戏题一绝

朝云海外添丁喜，不比坡公百感并。

我欲为君下转语，聪明既备又公卿。

---

①李一山：又名李益三（1878—1931），名汝谦，山东济宁人。1909年留学日本，就读于东京法政大学，民国初年曾任泰安县知事，后参与《续修四库全书》和《清史稿》编撰，民国期间担任法制局参事、国史馆编修。与康有为深交。富收藏。

游金山

　　咸丰辛亥，余年九岁，从先大夫游金山，时山犹在江中。戊申重游，山已在陆。曾有句云"笑与山灵再相约，他年见子江中流"。清宣统辛亥秋，视学江北，偕易季服[①]、刘玲生[②]、程律生[③]、王子瓒[④]诸君来游，值江水暴涨[⑤]，山又宛在水中，[⑥]竟应前诗之语矣! 六十年名山重到，且重见于中流，皆佳话也。诗以志之。

江天静如镜，来访浮玉秋。

旧游记儿时，瞥眼甲子周。

昔时山在水，绕槛波悠悠。

对峙有焦阜，两点烟鬟浮。

前岁复登陟，篮舆到林邱。

沧桑一反手，天地真蜉蝣。

曾与山灵约，再见江中流。

此来积潦盛，巨浸怀襄侔。

拏舟泊山足，恍若儿时游。

---

　　①易季服：易孺（1874—1941），初名廷熹，字开琪，号季馥，号大厂，广东鹤山人。早年肄业广雅书院，为黄牧甫弟子。精研书画、篆刻。后留学日本，辛亥革命后居上海，历任暨南大学、国立音乐院等教授，印铸局技师等。有《大厂词稿》《大厂画集》等存世。

　　②刘玲生：生卒不详。上海人。慈善家，曾参与华洋义赈、中国济生会、四明公会工作。从保皇派成为同盟会会员。

　　③程律生：籍贯、生卒不详。与劳乃宣有书信往来，劳有《答程律生论新旧历书》一文。

　　④王子瓒：一作王子展，即王存善（1849—1916）。浙江仁和（今杭州）人。曾任中国通商银行办事总董、汉冶萍公司董事。富藏书，精碑版。有《四明文献集》《寄青霞馆奕选》。

　　⑤诗存后有"平地水深数尺"。

　　⑥诗存后有"乘舟始至"。

山灵顾我笑，素约今果酬。

便宜向江上，作屋添新筹。

山僧导我行，曲径灵蛇修。

拾级廊庑中，已达高峰头。

浮图耸层霄，绝顶舒双眸。

丛樯俯瓜步，孤塔明扬州。

海气接混茫，万像罗胸收。

同行二三子，襟抱皆清遒。

暝色苍然来，余兴还夷犹。

回帆下暮湍，灯火荧市楼。

人生白驹隙，纵迹如浮沤。

冉冉六十年，鸿爪痕犹留。

搔首问白发，宁愿重来不。

题诗付冯夷①，息壤盟沙鸥。

题吴甸侯②小像 像持杯而坐，美人捧剑侍。

剑气腾空动星斗，老蛟夜泣神螭守。

化作长虹万丈光，百川吸尽金卮酒。

美人十五花盈盈，双鬟堆绿纤眉青。

脸霞照酒艳于雪，粲然回盼春风生。

---

①冯夷：传说中的黄河水神，也作冰夷、冯修，泛指水神。
②吴甸侯：名建勋，直隶清苑（今保定）人。父吴璋以平洪杨起义而授武显将军、二品顶戴花翎。吴随其父南征五年。清光绪四年（1878）与劳乃宣、朱采等共设平粥会，以解近畿荒歉，授六品蓝翎候选府经历县丞，清宣统三年（1911）任临淄知县。

图中有客髯如戟，手把深杯感今昔。

高歌那顾鬼神惊，痛饮只愁天地窄。

当年跃马沧江滨，随身一剑酬君亲。

功成拂衣不受赏，归卧故林三十春。

匣里干将昼鸣啸，血花绣涩生龙鳞。

四海风尘方澒洞，辍耕莫叹南山陇。

燕市惟从酒徒语，吴钩聊付红儿捧。

休讶英雄儿女情，古来忠孝皆情种。

嗟我不能饮，学剑剑不成，披图大笑无一可。

但见照眼灼灼花枝明，鲰生自诩有眼福，

平视幸勿嗔刘桢①。

①刘桢（？—217）：字公干，山东东平宁阳人。东汉诗人，"建安七子"之一，以五言诗著称，与曹植并称"曹刘"。明张溥辑有《刘公干集》。

燕子矶有悬崖佛阁，梁植石壁，维以铁索。咸丰初^①，余曾登之，后毁于兵燹。清光绪丁未又来游，惟余铁索数尺，悬于崖巅^②，有少年僧指示谓为明初马皇^③后梳妆楼故址。^④余闻之大笑，率成此句

记得曾登峻阁边^⑤，半悬铁索认依然。
山僧道是妆楼址，笑我重来五百年。

①诗存后作"余尚幼"，诗稿作"余方幼"。
②巅：诗稿作"颠"。
③皇：诗稿无此字。
④诗稿、诗存有"今已五百余年矣"。
⑤边：诗稿、诗存作"颠"。

釜麓草

辛亥国变，遁居涞水之乡，典田躬耕，再易寒暑。至癸丑之冬，移居青岛。两年之中，得诗数十首，其地为釜山之麓，录之为《釜麓草》。

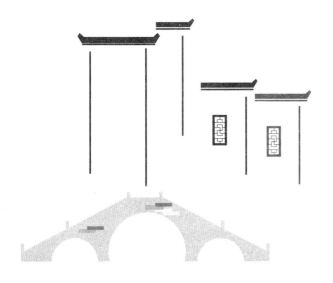

后车厂歌 辛亥

余①清光绪丁丑按涞水县车厂村旗地狱，廉得其情，痛惩王邸奴子②，白诸上官，力请平反，曾作《车厂歌》以纪其事，上官未尽用吾言，仅从事调停，蠲逋负减租额③，民既得释重累，隐忍而罢，余方歉然，而民以为大惠。清宣统辛亥冬月，复到此村，去前事三十余年矣！在事之人，仅有存者，当日少年今皆白首。问知为余欢然④，道及旧事，称诵不衰感其厚，我与约结邻，赋此继前作以为之券。

> 晴峦抱丛薄，野水萦孤村。
> 驱车荦确⑤中，来款村肆门。
> 坐中一老叟，白发垂缤纷。
> 叩我来何方，问姓惊重陈。
> 曩有劳委员，按事曾来存。
> 今君与同族，彼是君何人。
> 笑言我即⑥是，狂喜如有神。
> 大呼自天降，果是吾⑦神君。

---

①诗稿、诗存"余"后有"于"。
②此句在诗存、诗稿中为"絷王邸奴子，痛惩之"。
③此句在诗存、诗稿中为"蠲其逋负，轻其租额"。
④诗存、诗稿中有"相接"。
⑤荦确：诗稿、诗存均作"确荦"，应为是词。
⑥我即：在诗存、诗稿中作"即我"。
⑦吾：诗稿中作"有"。

吾村昔年狱，家家皆戴盆。

鹰鹯一搏击，怨毒从兹伸。

荏苒三十年，念诵今犹新。

导我还其家，儿女罗饎饙。

偕我陟林麓，指点鸿雪痕。

峰岚犹蔼蔼，原隰犹畇畇。

回首若梦境，惝恍移神魂。

老者闻我来，重道当日①恩。

壮者闻我来，缅述儿时闻。

杂遝话旧事，语拙情弥真。

愧我德凉薄，得此殊不伦。

此邦俗良厚，足可称里仁。

愿言挈细弱，来结山家邻。

为我求山田，叱犊耕春云。

为我觅村舍，茅檐纳朝暾。

呼儿学把耒，植杖观②籽耘。

晨炊饱脱粟，夕膳甘菜根。

愿为童子师，执卷故业温。

理乱不入耳，共作羲皇民。

夕阳下西崦，我仆促返轮。

幽栖坚后约，临别还谆谆。

---

①日：诗存、诗稿中作"时"。
②观：诗稿作"睹"。

归耕釜麓出都感赋

南云望断故山苍，且荷犁锄倚太行。

渔父笑人殊楚泽，居民爱我即桐乡①。

漫将食藿歌空谷，便拟寨薇步首阳。

回顾觚棱天尺五，临歧惟有涕浪浪。

题刘伯绅②画册即乞其绘釜麓归耕图

满纸烟云欲状难，荆关道③韵溢毫端。

乞君为写归耕意，持与孤松共岁寒。④

登釜山⑤

晴曦耀高岭，仄径步逶迤。

涧底长松直，崖巅古柏敧。

山僧延客拙，樵竖荷薪迟。

鼓勇凌峰顶，封狼绝壁窥。　望见一狼。

---

①桐乡：汉大司农朱邑为桐乡（今安徽桐城）吏，死后葬于桐乡，乡民为之立祠，后以此赞美地方官德政。

②刘伯绅：名经绎，江西信丰人，河南汲县（今卫辉市）盐商，后办商业和教育。1911年，任职京师大学堂庶务提调。1912年，劳乃宣因病奏请开缺京师大学堂总监督一职时，奏请由其代行总监督一职。

③道：诗存、诗稿中作"遗"。

④诗稿在诗后题跋有："清宣统辛亥腊月，将归耕于釜山之麓。伯绅仁兄出示画册，苍劲古秀，肖其为人，欲乞为绘《釜麓归耕图》。率题一绝，冀得琼瑶之报，愿望不太奢乎。韧叟劳乃宣。"

⑤釜山：位于今河北保定徐水县，因山形如釜而得名。

山村暮归

四野苍茫暮霭平，夕阳初下数峰清。

鸦盘云影霜林寂，车走雷声石径倾。

坼裂坚冰寒涧白，蜿蜒远烧晚山明。

归来一饱田家饭，闲与村翁话耦耕。

和沈庵①守岁感赋用元遗山②甲午除夕诗韵 壬子

发愤谁能识史迁③，无言我欲效焦然。

浮云身世离群雁，逝水光阴下濑船。

旧岁几人思汉腊，寒宵有鹤话尧年。

山中甲子今何日，醉把离骚独问天。

---

①沈庵：即宝熙（1871—1942），字瑞臣，号沈庵，又号独醒庵，爱新觉罗氏，满洲正黄旗人。清光绪十八年（1892）进士，累官编修、侍读、国子监祭酒、内阁学士兼礼部侍郎、山西学政、实录馆副总裁等职。民国后，任大总统顾问、参政院参政。谥文靖。著有《东游诗草》。

②元遗山：即元好问（1190—1257），字裕之，号遗山，太原秀容（今山西忻州）人。金末元初诗人，著有《元遗山先生全集》等。

③史迁：即司马迁（前145或前135—？），字子长，西汉史学家，著有《史记》等。

沈庵属题上元夜饮图未及报①，世易时移，复用遗山韵守岁诗见示，既依韵属和，适值上元②，不胜感触，再叠前韵题句却寄

春回幽谷早莺迁，月满星桥火树然。

烧烛检书左史座③，衔杯读画米家船④。

承平方忆开元日，甲子俄更典午年。

九陌香尘成往事，题诗忍寄落灯天。

楼樵⑤以正月十三日有旨停止行礼感赋诗见示依韵和作

天津桥⑥上记闻鹃，谁念京师赋下泉。

首岁空怀周正月，一成何处少康田⑦。

似传楚谚歌三户，忍读葩经颂万年。

回忆侍书清禁地，遥挥老泪湿陈编。

①报：诗存、诗稿后有"命"。

②上元：诗存、诗稿后有"忆及斯图"。

③左史座：即倚相，史称"左史倚相"。姜姓，丘氏，名倚相，春秋时楚国左史，被誉为良史、贤者。

④米家船：北宋书画家米芾乘舟载书画游于江湖，后借指米芾之书画。

⑤楼樵：即徐坊（1864—1916），字士言，又字梧生，号矩庵、蒿庵、楼亭樵客、楼樵、止园居士等。原籍山东临清，居河北定兴，捐官为户部主事，后任国子丞、京师图书馆副监督。富藏书，有藏书楼归朴堂。民国后被召为毓清宫行走，成溥仪之师，卒赠太子少保衔，谥忠勤。有《徐忠勤公遗集》。

⑥天津桥：隋唐洛阳皇城前桥梁，借指皇域。

⑦少康田：少康为夏国君相之子，在夏亡后，少康以田一成的纶城（方圆10里）谋划复国，史称少康田。

归田赘咏

　　曩作《归舟诸咏》，纪南归始末，与吾兄唱和[1]，颜曰《归棹埙箎》，自甲午至癸卯得诗数十首，自谓此归不复出矣。不意戊申又奉特召出山，留[2]京三年，外简金陵[3]，又复内用，未几四方云扰，故乡沦没，挂冠而不能归里，遁迹涞水，方作买田阳羡之谋，而国变作矣。俯仰身世悲慨，弥襟即事有作，[4]曰《归田赘咏》，以赘归舟诸作之后[5]。

　　　　　　归舟记得叶埙箎，已在邯郸梦醒时。
　　　　　　谁料鹤书来陇上[6]，黄粱熟后又重炊。

　　　　　　软红尘里住三年，金马门高避世便。
　　　　　　忽地杏花春雨夜[7]，江风催返秣陵[8]船。

　　　　　　朱雀桥边乍履霜，黄金台畔又斜阳。
　　　　　　从知建业[9]非吾士，却认并州[10]作故乡。

---

①诗存及《归来吟》中有"成帙"。
②诗存及《归来吟》"留"字为"縻都下者"。
③诗存及《归来吟》有"半年"。
④诗存及《归来吟》有"聊寄怆怀，题"。
⑤诗存及《归来吟》有"嗣有所得当续赘之，壬子正月"。
⑥全句：指清光绪二十七年（1901）山西巡抚岑春煊奉旨调劳赴晋事。
⑦夜：在诗存、《归来吟》中均作"际"。
⑧秣陵：南京旧称。
⑨建业：南京旧称。
⑩并州：古州名，相传禹治洪水划为九州之一。

依然北阙缀朝班，奈此星星两鬓斑。

投老不归①江海去，采芝随处有青山。

又是铜章脱手轻，扁舟无复咏南征。

垂纶不作烟波梦，负耒岩阿学耦耕。　前作《归舟预咏》有"一笑铜章脱手轻"，《归程试咏》有"真个铜章脱手轻"之句②。

萧索轻装薄笨车，主人情重似还家。

卜邻元八③相须久，曳杖柴扉日未斜。甫下车，张静公④即来访。

料理琴书杂米盐，安排鸡鹜傍茅檐。

莫嫌室小才容膝，一枕南窗梦自甜。

驱车仍⑤访野人居，物外田园见古初。

一卧山中刚七日，不知尘世事何如。　至车厂村居七日，外事一无所闻。

归来消息忽惊传，鼙鼓无声九鼎迁。

闻说长安朱紫客，簪裾济济似当年。

①归：在诗存、《归来吟》中均作"须"。

②此自注在《归来吟》中无。

③元八：元宗简（？—822），字居敬，河南洛阳人，与白居易为莫逆之交。白居易作有《欲与元八卜邻，先有是赠》。

④张静公：张曾敭（1852—1920），字小帆，又字润生，号渊静，直隶南皮（今河北南皮）人，清同治七年（1868）进士，历任湖南永顺知府、福建按察使、山西巡抚、浙江巡抚等职。1907年秋瑾案发，张调兵捕杀，后调往江苏、山西，托病辞官，辛亥革命后与劳乃宣同住涞水。

⑤仍：在诗存、《归来吟》中作"重"。

荒村箫鼓尚嬉春，凄绝山阳陨涕人。

问讯方知陵谷变，离离彼黍更①伤神。 村人赛会，列坐奏乐，随众往听，不觉涕零。傍观讶之，私询问行②，始知有亡国之惨，群兴索然，率多散去。

人方鸣盛诩唐虞，我独苍凉泣路隅。

勠力神州更何所，只堪没世作农夫。

此乡不少素心人，雨夕风晨信可亲。

愿托一廛共耕凿，采薇犹胜首阳民。

闻文观察悌③、谢总兵宝胜④殉国感赋

文山衣带叠山琴⑤，文谢高风铄古今。

岂意遥遥千载后⑥，又闻耿耿二臣心。

识时竞作迁乔鸟，望帝谁怜泣血禽。

惭愧巢由⑦徒洗耳，食薇犹在首阳岑。

---

①更：诗存、《归来吟》作"共"。

②诗存、《归来吟》均有"之人"。

③文观察悌：文悌（1849—1913？），满洲正黄旗人，苏完瓜尔佳氏，字仲恭，号仰白、绿杉居士。以官学生捐纳户部笔帖式，升至郎中，简任河南开封遗缺知府、户部员外郎、湖广道监察御史。乞病归，卒。

④谢总兵宝胜：谢宝胜（1846—1912），字子兰，安徽寿县人。投军，以军功升为千总。甲午战败，充白云观道士数年，义和团运动中复出。清帝逊位，以枪自击死。

⑤全句：文山即文天祥，叠山即谢枋得，均为宋末元初忠义之士。

⑥"后"字，诗稿作"暮"。

⑦巢由：巢父和许由的并称，传说皆为尧时隐士。后指隐居不仕者。

刘农伯①过访郭下，静公②适至，谈甚快，别后有诗见寄，依韵答和

晓月犹悬玉一弯，篷③门无客昼常关。

故人方喜骑驴到，邻叟俄逢弭策还。

世事共悲渊底日，乡心对语梦中山。

何时双桨桑阴下，与子追随十亩间。

---

①刘农伯：刘富槐（1869—1927），字树声，号龙伯、农伯，桐乡人。清光绪二十三年（1897）拔贡，二十八年（1902）举人，官内阁中书。历任京师大学堂、盐务学堂教习。有《瑗园诗录》《瑗园词录》等。

②静公：张曾敭。见第52页。

③篷：诗存、诗稿中均为"蓬"，应为"篷"字。

寄赠日本一宫君①

一宫君，名房次郎，为日本大阪新闻社社员。笃志孔孟②，讲求经学，吾国革命事起，屡持正论。国变后来游京师，访求志节之士，将传述于故国，以维持纲常。有清末遗老、清末高士诸篇③。陋劣如余，亦蒙齿及。壬子四月，浼陈弢老④介绍，不辞僻远，造访涞乡⑤。余及张静老⑥与之谈论⑦，粹然一出于正经，宿而别赋寄赠。

忆昔象山叟⑧，至论开群蒙。

东海与西海，此心此理同。

瀛寰纵悬隔，气类终潜通。

不然殊方交，安得相遭逢。

神州遘阳九，霾曀漫苍穹。

相将率旷野，仰视天梦梦。

①一宫君：即一宫房次郎，日本人，原为大阪新闻社社员，1915年受外务省指派，任《盛京时报》主笔。

②诗存、诗稿有"之道"。

③诗存、诗稿有"登之报章，余亦忝厕其列"。而无后八字。

④陈弢老：即陈宝琛（1848—1935），字伯潜，号弢庵，晚号橘叟，别署听水老人。福建闽县（今福州）人。清同治七年（1868）进士，授翰林院庶吉士，历官内阁学士、礼部侍郎、署理南洋大臣。清光绪十七年（1891）被黜。清宣统三年（1911）复出，为溥仪师傅，兼弼德院顾问大臣。张勋复辟，授内阁议政大臣。有《沧趣楼诗文集》。

⑤诗存、诗稿后有"敝庐"。

⑥张静老：即张曾敭。见第52页。

⑦诗存、诗稿后有"竟日"。

⑧象山叟：陆九渊（1139—1193），字子静。因讲学于象山（今江西贵溪），世人尊称为"象山先生"。

岂期空谷逃，乍闻足音跫。

卓哉一宫子，来自沧溟东。

杖策叩蓬荜，睟然儒者容。

群经澜在口，大义星罗胸。

自述夙昔抱，服膺邹鲁风。

禹域骇奇变，遥忾吾道穷。

不谓雪霜沍，犹有凌寒松。

曾将后凋节，载笔传邮筒。

今夕此把臂，恍入幽兰丛。

顾惭培塿卑，何足希华松①。

乃被过情誉，瓦釜侪黄钟。

侧闻扶桑表，旭日升曈昽。

吾邦孔孟道，光被方昭融。

奈何此宗国，坠地如拔虋。

礼失求在野，古义吾所宗。

愿歌嘤鸣诗，异地联于喁。

肝鬲掬未尽，惜别胡匆匆。

三山俨在望，欲往无由从。

摅情托豪素，目送遥天鸿。

①松：诗存、诗稿作"嵩"。

题徐楼樵①鹊山寒食图

明湖记得泛清涟，云影岚光共画船。

我与遗山同一梦，回头四十二年前。　遗山句云"四十二年弹指过"。余于庚午在济南，今亦四十二年矣。

君今独作济南游，看水看山尽自由。

写入溪藤便凄绝，岱云一抹动乡愁。

鹊山烟雨认模糊，还似承平景物无。

徒忆京华好风日，清明谁仿上河图。

题刘伯绅②卫源归耕图

归耕为我写岩居③，君向泉源亦禾锄。

我自寻山君问水，时人谁识两樵渔。

苏门山色郁青苍④，闻说兼山尚有堂⑤。

负耒夏峰峰下路，岁寒应共耐冰霜。

晚岫云归倦鸟还，闭门秋水自潺湲。

浊漳近在淇流左，好语清泉慎出山。

---

①徐楼樵：即徐坊。见第50页。

②刘伯绅：刘经绎。见第48页。

③诗稿后注"君为余绘《釜麓归耕图》"。

④青苍：诗稿作"苍凉"。

⑤指兼山堂，系明末清初孙奇逢建于河南辉县孟庄的传道讲学场所。

沈庵以得赏纱卷入^①，退朝口占诗见示有句云："监宫想见双垂泪，白发前朝旧讲官。"感赋一绝却寄

我亦前朝旧讲官，读君诗句一汍澜。

带萝被荔空山曲，望断琼楼玉宇寒。

野步

野光如洗碧天虚，郭外青山更^②雨余。

潦集空潭喧浣女，泥封古辙滞禾车。

翻风豆叶霜初染，作浪荻花雪不如。

偶值邻翁谈笑罢，归来新月挂吾庐。

①诗存、诗稿有"谢"字。

②更：诗存、诗稿中作"正"。

秋日偕静公顽山①游长堤山，望秋澜行宫②，和壁间黄叶山人③韵

秋山俯秋水，咫尺故行宫。

辇路蒿莱径，周庐禾黍风。

宸游成往迹，遗事问村童。

西望昭陵近，冥冥送去鸿。

---

①顽山：即宝熙，民国后自号顽山草堂，见第49页。

②秋澜行宫：位于河北保定涞水县永阳镇，系清皇家行宫。

③黄叶山人：即毓廉，内务府正黄旗人。清光绪二年（1876）举人，己丑科大挑二等，选授陵县训导，截取知县。劳乃宣撰有《毓清臣拜菊山馆诗钞序》。与唐元素交，曾馆周叔弢家授徒。毓贤弟。

壬子九月，徐楼樵约游韩家岭山庄，值余七十生日。忆清光绪壬寅六十生日，与樊芥轩①，金月笙、谨斋②昆季，胡绍箖③诸君及先兄④饮于西湖理安寺⑤中，抚今追昔⑥，赋呈楼樵兼寄樊金三君武林、胡君沈阳

楼亭樵客捐尘缨，招邀同作秋山行。

篮舆让我自策蹇，各携稚子侪渊明。

羊肠峻坂历九折，行尽倏睹高原平。

临簧别墅何寥廓，四面青山当城郭。

瀑痕百丈留层崖，茅茨几家隐丛薄。

草堂近在西崖⑦畔，篝灯且饱田家饭。

温黁一枕黑甜沉，相约探奇戒诘旦。

晨兴挂杖笑语哗，流泉足底萦修蛇。

---

①樊芥轩：樊恭煦（1843—1914），字芥轩，仁和（今杭州）人，清同治十年（1871）进士，入翰林院编修，历官至司经局洗马、陕西学政、侍读学士、江苏提学使。宣统元年（1909）署苏州布政使，民国后任杭州商务总会会长。

②金月笙、谨斋：金氏兄弟，钱塘（今杭州）人。兄金月笙，从事银行业，曾任大清银行浙江分行行长、杭州商务总会会长；弟金谨斋（1841—1919），名承浩，号恭度，又号泠石，民国二年（1913）任杭州中国银行行长。能画，尤善山水。工篆刻，西泠印社社员，书画篆刻家。

③胡绍箖：字彭寿，安徽黟县人。曾入劳乃宣吴桥知县时幕。著有《拳案杂存》。

④先兄：劳乃宽（1836—1902），桐乡人。字仲敷，号厚庵。附贡生，清同治壬戌科举人，国子监学正学录，直隶大名府同知，江苏候补知府。著有《浣花吟榭诗稿》。

⑤理安寺：古称涌泉禅寺，又称法雨寺，位于今杭州九溪风景区。

⑥抚今追昔：诗存、诗稿均作"不胜今昔之感"。

⑦崖：诗存、诗稿作"岩"。

峰回路豁忽炫目，柿林万点明丹砂。

珊瑚乍讶植旱麓，又疑琼树蒸朝霞。

空枝一一缀火齐，陋彼霜叶红于花。

鼓勇攀跻上绝壁，排空对峙五盘石。

分明五岳罗真形，高倚星辰去天尺。

登时①仰卧青天空，举头浩浩来天风。

不知下界此何世，更谁猿鹤谁沙虫。

山中昏晓无历日，衰翁览揆遽七秩。

那足称觞开菊樽，只宜槁饿甘薇蕨。

十年前事来心头，西湖九月方高秋。

理安寺里啸俦侣，僧厨共醉甲子周。

迢迢九溪十八涧，森森梧竹松杉幽。

陵摧谷变电光雪，朋簪迸散无由合。

白头学使胜②青毡，对屋机云隐盐筴。

太息黟山老居士，辽海饥驱独弹铗。

凄绝子由生日③诗，无复坡公相赠答。

死生契阔空茫茫，今夕对此灯烛光。

何年重聚西窗下，竞话巴山夜雨凉。

①时：诗存、诗稿作"石"。

②胜：诗存、诗稿作"剩"。

③子由生日：子由指苏辙，苏轼曾作《子由生日》诗。

寄孔云甫①内弟七十生日

与君同作古稀翁，陵谷沧桑万事空。

陡忆少年相见日，纪元犹自说咸丰。 与君相见于咸丰戊午。

五十四年弹指过，故人无复在君先。 初见时同年十六，今皆
七十矣。屈计平生亲友存于今世者，相交莫先于君。

相思但祝加餐饭，甲子何须再问年。

题高翰生②典籍 鸿裁 金泉修书图

高君，潍县人。孙佩南③京卿，主讲济南金泉精舍，兼领志局，聘为金石分纂。
孙君物故图以志慨。壬子冬，介徐楼樵携图属题。忆昔从黄子寿④先生修《畿
辅通志》于保定莲⑤池，与之情事正类瑰，感而赋此。

徐髯示我修书图，溪回林抱藏精庐。

流泉瀄瀄鸣阶除，中有幽人方著书。

---

①孔云甫：孔庆霄，字云甫，孔子第七十三孙，山东曲阜人，知州衔，补用知县，长
芦候补场大使，署海丰场大使。孔繁淦父，劳乃宣妻弟。

②高翰生（1852—1918）：高鸿裁，字翰生，一作翰声。山东潍县（今潍坊）人。金
石收藏家。曾参与襄校《山东通志》，任职史馆编修。著有《齐鲁遗书十八种》《历代志
铭征存》等。

③孙佩南（1840—1911）：名葆田，字佩南，山东荣城人。清同治十三年（1874）进士，
曾任刑部主事，安徽宿松、合肥县令，主山东尚志书院、河南大梁书院。两度总纂《山东通志》。
著有《孙佩南校经堂文集》《两传经考》。

④黄子寿：即黄彭年（1823—1891），字子寿，号陶楼，晚号更生。贵州省贵筑（今
贵阳）人。清道光二十七年（1847）进士，官江苏布政使、湖北布政使。有《陶楼诗稿》《陶
楼文存》等。劳乃宣长子娶其孙女。

⑤诗存、诗稿有"花"字。

披图想见同光世，海内投戈争讲艺。

征文考献志局开，合肥旧尹初归来。

海岱人文入珊网，一时宾从多瑰材。

先生夙耽金石癖，追孙跻阮撼古怀。

勘经订史一灯炯，夜深宝气腾空斋。

当年畿辅亦开局，牛耳骚坛推贵筑①。

莲华池古鉴明漪，万卷楼②高富签轴。

群贤辐辏何济济，鲰生竽滥殊粥粥。

园林清旷共编摩，汉京皇道三千牍。

醉翁去后朱弦绝，零落山邱感华屋。

展君此卷心怦怦，恍若写我平生情。

卅年旧梦忽在眼，抚今伤往空霣缨。

况复沧桑变俄顷，燕月齐烟共凄冷。

那觉③渔人问避秦，但从词客歌哀郢。

侧身东望云漫漫，欲往从之道阻艰。

千里与君远相约，同埋蠹简老空山。

---

① 贵筑：指黄子寿。见第 62 页。
② 万卷楼：位于保定莲池书院，原为元末贾辅所建藏书楼，后毁。清直隶总督方观承兴建。
③ 觉：诗存、诗稿中作"觅"。

挽陈弢庵令弟叔毅①

　　壬子季冬，弢老之弟叔毅没于里第，书来赴告，并示哀辞，谓君于余平日议论极所欣契，感赋此律。

　　与君不识面，赴至动余悲。迂论世群笑，苦心君独知。

　　一门存汉腊，万卷抱秦遗。恸绝人琴感，凄凉棠棣诗。

童孙元裳②自里来书云："南方天气晴和，家中梅花已盛开，新种竹将生笋，杨柳已长大矣！"感赋却寄

　　雏孙小简远封题，报道庭梅放已齐。

　　旧种垂杨条拂地，新栽修竹笋穿泥。

　　南陔日爱东风暖，朔塞云瞻北斗低。

　　读罢油然动归思，几时花下手重携。

---

　　①叔毅：陈宝璐（1858—1913），字敬果，号铁珊，又号叔毅、韧庵。福建闽侯（今福州）人。陈宝琛二弟。清光绪十六年（1890）进士，官至刑部主事。著有《陈刑部杂文》《艺兰室文存》。

　　②元裳：劳元裳（1902—1943），字启黄，劳乃宣长孙，劳　文长子。闽

归田赘咏之二　　癸丑

前岁遁迹涞野，有《归田赘咏》之作，典田学稼，忽忽经年，而身世飘摇，迄今未定居①，一岁之内，耳目之所接，人事之所遘骨，足以资感喟，触物撼怀，杂然有述，录之以继前构。②

典得邻田学课耕，鸣鸠声里一犁轻。
朝来雨霁山如沐，陇上新苗簇簇生。

独携王霸蓬头子，踏遍西畴雨后泥。
辍耒归来窗几静，一编相对午鸡啼。

乡间童冠三四③人，执卷衡门意特亲。
与说陈言都不厌，始知浑噩是天真。

休言穷巷寡轮音④，每见柴荆辙迹深。
旧雨新知时顾盼，但无冠盖到山林。

有客来从渤澥滨，远寻禹域避秦人。
空山莫怨孤芳冷，缥缈瀛洲有德邻。　日本一宫房次郎以访
求中国遗老特来见顾。

---

①此句在诗存、《归来吟》中作"迄今未有定居之计"。
②手稿后有"癸丑正月"。
③三四：诗存、《归来吟》作"四三"。
④音：诗存、《归来吟》作"鞚"。

几日西风渐陨霜，家家种稑尽登场。

蜗庐斗大无困廪，屋角床头遍盖藏。

庑下晨炊短布裳，黄梁味永草①根香。

齐眉也举梁鸿案，络秀差堪效孟光②。

同拜桥山闳殿寒，遗臣老泪各汍澜。

五陵佳气犹葱郁，莫作冬青一树看。 偕张、宝、徐诸君③同诣西陵拜景庙暂安殿并谒泰陵。

临簧高岭势嶙峋，策杖追攀共出尘。

连日山中忘甲子，颓年已过古稀辰。 徐楼樵约游韩家岭临簧别墅，居数日，适值余七十生日。

迤英虚席待儒臣，促驾殷殷谢古人。

犬马自惭衰已甚，凤④楼回首但伤神。 毓庆侍读缺人，陈、宝两君敦勉，以衰老辞。

徐无荷锸已经年，却念家山一怆然。

料得故园春信早，寒梅花著倚窗前。

四方蹙蹙惨风尘，聊向烟霞托此身。

暂息⑤萍踪慢惆怅，居夷浮海彼何人。

①草：诗存、《归来吟》作"菜"。

②全句：举案齐眉典出《后汉书·梁鸿传》。孟光喻妾潘氏。

③张、宝、徐诸君：指张曾敭、宝熙、徐坊于1921年同赴西陵拜景庙及泰陵。

④凤：诗存、《归来吟》手稿作"琼"。

⑤息：诗存作"托"，《归来吟》诗稿作"泊"。

谢金谨斋①寄龙井茶

驿使春风远寄将，开奁芬馥溢旗枪。
羲皇睡足新泉熟，好伴空山薇蕨香。

我生南北本随缘，久学坡公饮食便。
不道故人犹旧眼，又教乡味领花前。

乍忆龙泓共探幽，云腴霞碧嫩香浮。
何时重泛西泠艇，对坐松风雪一瓯。

题徐冠南②颐园永怀图 徐君，邑青镇人，其尊
人③豫拟园名，欲构未果，君成之，奉遗像于园，绘此图征题。

台沼新营旧锡名，一丘一壑宛生平。
涧中鱼藻今追养，槛外莺花昔主盟。
济美敬君堂构志，披图动我梓桑情。
便思蓑笠乘波去，双桨青溪画里行。

①金谨斋：见第 60 页。
②徐冠南：徐棠（1866—1940），字公棣，一字若琛，号冠南，又号贯梆，桐乡青镇（今乌镇）人。清光绪二十年（1894）举人，江苏候补道，实授七品工部主事，辛亥革命后任政府资议，后于沪上经商。
③尊人：指徐冠南之父徐焕藻，字茗香，著有《颐园诗存》。

题葛毓珊①同年遗照 颜曰"瑶池香吏三十小影"

独立苍茫自苦吟，不将尘梦恋华簪。

传神赖有长康笔，写出平生丘壑心。

兀傲科头见性真，翛然明月证前身。

今看兰玉庭阶满，不愧词坛有替人。

莫嗟宿草早芊芊，未见铜驼棘地眠。

为问瑶池香案吏，而今天上是何年。

---

①葛毓珊：葛金烺（1837—1890），字景亮，号毓山、毓珊。浙江平湖人。清光绪
十二年（1886）进士，官刑部主事，改户部，后归里。有《爱日吟庐书画录》《传朴堂诗稿》等。

题刘伯绅五松一石图

　　刘君景慕安晓峰①、马通伯②、孟绂臣③、刘幼云④兼及于余，绘图见意，一石以自况也。世遭沧桑，同人星散。安马两君，俱归乡里。绂臣已作古人，而幼云避地青岛。余方欲从之结邻，伯绅以图征题，即事成吟，不知感喟之何从也。

　　　　　　陇西御史铁为骨，远谪归来忍饥渴。
　　　　　　桐城郎官方姚侪，满腹鸿文抱冰雪。
　　　　　　广平跛叟吾故人，浩然之气凌秋雯。
　　　　　　浔阳先生总大⑤学，森森直节竹有筠。
　　　　　　群公各有千秋在，培塿何堪齐华岱。
　　　　　　异哉刘子何⑥所好，强使芝兰侣萧艾。
　　　　　　长松百尺开画图，苍髯挺峙五大夫。
　　　　　　嵌奇磊落一卷石，卓尔独立云根孤。

---

　　①安晓峰：安维峻（1854—1925），字晓峰，晚号槃阿道人。甘肃秦安（今属天水市）人。清光绪六年（1880）进士，翰林院编修，福建道监察御史。因言获罪，遂主讲陇西南安书院。辛亥革命后任京师大学堂总教习。著有《谏垣存稿》《望云山房诗集》等。

　　②马通伯：马其昶（1854—1929），字通伯，晚号抱润翁，安徽桐城人。屡试不第。清宣统二年（1910）以学部主事用，补总务司主事。民国三年（1914）入都简任参政院参政。后受聘清史馆。有《抱润轩文集》《续集》《存养诗钞》《桐城古文集》等。

　　③孟绂臣：孟庆荣（1856—1914），字绂臣，一字笏臣，号老福德，河北永年人，清光绪五年（1879）举人，十六年（1890）进士，先后任翰林院编修、左春坊赞善、学部左参议及右丞、翰林院侍读。

　　④刘幼云：刘廷琛（1867—1932），字席儒，号幼云、潜楼，江西德化（今九江市）人。清光绪二十年（1894）进士，选庶吉士，散馆授编修。历任山西学政、陕西提学使、京师大学堂总监督、学部副大臣等职。辛亥革命后居青岛。民国六年（1917）张勋复辟，出任内阁议政大臣。民国二十一年（1932）病逝于青岛。有《潜楼文稿》等行世。诗存、诗稿中有"诸君"。

　　⑤大：诗存、诗稿中作"太"，应为"太"。

　　⑥何：诗存、诗稿中作"阿"。

松姿高洁石所仰，石骨坚介松不如。

松耶石耶皆吾徒，愿言相砺还相扶。

周京谁料歌禾黍，德星一散无由聚。

崆峒峰峻黯边尘，龙眠隰广悲苌楚。

手挥老泪更凄其，茫茫宿草洺州土。

独有居东管幼安，田横岛畔自盘桓。

我今亦欲乘桴去，共向沧溟耐岁寒。

题刘伯绅六瓶三砚斋图

棐几罗清供，清①斋迥出尘。

坚心盟石友，守口诚金人。

抑抑图中意，超超世②外身。

庐陵题六一，先躅又如新。

---

①清：诗存、诗稿中作"高"。

②世：诗存、诗稿中作"物"。

题张静老所藏文文忠^①山水画^②，文忠为静老座师，步梁节庵^③原韵

忠诚耿耿九重知，翰墨寥寥百世思。

展卷已成殊代宝，挥毫想见中兴时。

空留和相传衣笔，忍诵樊候补衮诗。

剩水残山图画里，虞渊捧日更谁其。

祝焦书卿^④七十六岁生辰

记得相逢各少年，沧桑转眼尽华颠。

一筹我逊瀛洲算，五斗君惊洛社筵。

未预兰陔擎礼爵^⑤，聊凭梅驿寄吟笺。

期颐他日重开宴，扶杖来寻陆地仙。

---

①文文忠：文祥（1818—1876），瓜尔佳氏，字博川，号文山，满洲正红旗人。清道光二十五年（1845）进士，官至军机大臣。卒后赠太傅，谥文忠。有《巴林纪程》《蜀轺纪程》等存世。

②画：诗存、诗稿中作"幅"。

③梁节庵：梁鼎芬（1859—1919），字星海、心海，一字伯烈，号节庵，别署苦华、葵霜等。广东番禺人。清光绪六年（1880）进士，改庶吉士，授翰林院编修。中法战争时，疏劾李鸿章，议降五级调用。后入张之洞幕，并主讲丰湖、端溪、广雅、钟山书院。官至湖北按察使。谥文忠。有《节庵先生遗诗》《款红楼词》等。

④焦书卿（1842—？）：天津文美斋主人，刊行的文史书籍和笺纸均刻印精美，颇具盛名。与周馥等相交。严修为其作《焦书卿先生八十寿言》。

⑤礼爵：诗存、诗稿中作"祝斝"。

劳山草

癸丑冬，自涞水移居青岛，以在劳山之麓为吾家得姓之地，因自号"劳山居士"，居此所得之诗为《劳山草》。

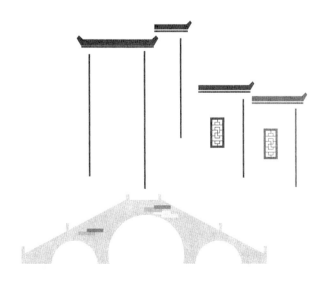

敬题澄如①京卿藏陆相国②所赠今上御笔

冲人方在疚，翰藻犹③巍然。

心画乾坤正，奎章日月悬。

尧城丁此际，纶旅果何年。

海曲孤臣泪，凄其湿短篇。

---

①澄如：刘锦藻（1862—1934），原名安江，字澄如，浙江吴兴南浔人。清光绪二十年（1894）进士，著有《清朝续文献通考》400卷。诗存、诗稿中"澄如"前有"刘"，"藏"字前有"尊"。"御笔"后有"习字摹本"。

②陆相国：陆润庠（1841—1915），字凤石，江苏元和（今苏州）人。清同治十三年（1874）状元。后历任乡试、会试主考官，国子监祭酒、工部尚书、吏部尚书，1910年升东阁大学士，1911年任弼德院院长。辛亥革命后，曾居青岛，后留清宫为溥仪师傅。卒后赠太傅，谥号文端。

③犹：诗存、诗稿中作"独"。

乞金甸丞^①画劳山归去来图

癸丑冬，应德儒尉礼贤^②尊孔文社之招，移家青岛，在^③劳山麓。《通志·氏族略》云：劳氏其先居东海劳山^④。是劳山者，吾家最古之祖居也。此行为归故乡矣，因乞金君作此图，诗以将意。

> 东海劳山本故邱，遥遥先泽数千秋。
> 此来便作家山看，莫认乘桴汗漫游。

> 海滨邹鲁泽诗书，血气尊亲信不虚。
> 慢把居夷陋君子，宛从吾党赋归欤^⑤。

> 也学渊明归去来，但无三径剪蒿莱。
> 烦君写入琅玕纸，松菊都从画里栽。

---

①金甸丞：金蓉镜（1855—1929），谱名义田，初名鼎元，字养寿，又字学范，号子筏，后更名蓉镜，字香严，号甸丞。浙江秀水（今嘉兴）人。清光绪十五年（1889）进士，官湖南永顺知府。有《潜庐全集》《滮湖遗老词》等。

②尉礼贤：又名卫礼贤（Richard Wilhelm，1873—1930），原名理查德·威廉，德国汉学家。1895 年毕业于图宾根大学神学院。1899 年由德国同善会派往中国青岛传教，并在青岛创办礼贤书院。学术贡献是将《论语》《道德经》《列子》《庄子》《孟子》翻译成德文，于1923 年出版。诗存、诗稿中作"德国尉君"。

③"在"后：诗存、诗稿有"斯地"。

④诗存、诗稿后有"因氏焉"。

⑤欤：诗稿作"与"。

题杨迈公^①中丞自浙抚^②还朝，许文恪^③赠行诗册为公元孙纪青^④大令作

鸣驺向阙动鸾旟，卧辙争攀四牡骓。

驯雉化成知吏肃，飞鸿诗咏惜公归。

我瞻翰墨怀耆宿，君绍诒谋诵祖徽。

太息西泠遗爱地，湖山犹是画图非。

---

①杨迈公：杨護（1744—1828），字迈功，别字柏溪，江西金溪人。清乾隆三十年（1765）举人，四十九年（1784）进士。初授刑部员外郎，历官至安徽按察使、浙江巡抚。

②"抚"后：诗存、诗稿应有"任"。

③许文恪：许乃普（1787—1866），字季潞，号滇生，浙江钱塘（今杭州）人。清嘉庆二十五年（1820）榜眼，嘉庆、道光、咸丰三朝三迁内阁学士，五度入值南书房，五充经筵讲官，历官贵州、江西学政，兵部、工部、刑部、吏部尚书，太子少保，谥文恪。著有《堪喜斋集》。

④纪青：即杨纪青，字承泽，江西金溪人，新城、泰安知县。编有《泰安乡土志》。

东归剩咏

　　辛亥之冬，遁居涞水之野，躬耕两载，有《归田》①之作②以续《归舟》诸咏。癸丑冬，以德国尉君之招，移家青岛，自涞水乘火车经长辛店、天津、济南，至青岛，甫卸装，又以先帝后山陵奉安至西陵③叩礼④。归后，日与尉君讨论经籍，寓岛同人⑤子弟多来问业⑥。山东本旧籍，青岛在劳山之麓，为吾家得姓之地⑦，祖居在，是此行亦可谓之归也，即物成吟，不能自已，颜曰《东归剩咏》，以继诸篇且待赓续。 甲寅

一月⑧邱园岁月遒，占晴课雨又春秋。
此生已分终南亩，遑计时人识伯休。

东海双鱼忽款关，殊方有客仰尼山⑨。
授餐适馆缁衣雅，使我开缄倍汗颜。

劳山本自属吾家，不比争墩语枉夸。
愿束轻装挈孥去，海天阔处共餐霞。

邻翁联袂课朝耕，市隐谈诗每出城。
此日离亭共相送，桃花潭水见深情。

---

①《归田》：诗存及《归来吟》作《归田赘咏》。
②诗存及《归来吟》有"尊孔文社"。
③西陵：位于河北保定易县梁各庄西永宁山下，始建于清雍正八年（1730），完工于民国四年（1915），葬有雍正、嘉庆、道光、光绪四帝陵及后陵等。
④诗存及《归来吟》作"而归，归来"。
⑤诗存及《归来吟》后有"诸"。
⑥诗存及《归来吟》后有"者"。
⑦诗存及《归来吟》有"尤为上古"。
⑧月：诗存及《归来吟》作"卧"。
⑨尼山：为孔子诞生地，代指孔子。

故人中道只鸡招，话到家山梦共遥。

入耳乡音口乡味，恍摇双桨过双桥[①]。同乡刘农伯、沈宜苏[②]诸君留餐，宿于长辛店。双桥吾乡孔道也。

玉京旧侣下蓬莱，瀛岛新知涉海来。

未餍班荆通夕语，临歧犹自首重回。陈弢庵、徐楼樵、宝沈庵及日本一宫房次郎诸君皆自郡[③]中至长辛店相见，陈徐二公则毓庆宫下直来也。

相逢旧客[④]各依依，七二沽头话夕晖。

城郭已非人尚是，情怀更异鹤来归。天津遇旧[⑤]交多人，城已拆去。

泊头[⑥]才过又连窝[⑦]，犹记鸣琴屡啸歌。

可惜飙轮飞电逝，未寻铜狄一摩挲。道经泊头，属南皮，连窝属吴桥，皆旧志[⑧]也。

百丈洪涛一轨通，鹊华山色认朦胧。

济南名士今谁在，北渚清游溯梦中。

---

① 双桥：指桐乡皂林运河上之便民桥（东）、青云桥（西）。

② 沈宜苏：指沈承俊，桐乡人。毕业于上海广方言馆，后任驻法国、德国大使馆参赞，擢道员加布政使衔，回国后简任奉天东边道，改从事京汉铁路修筑。译有《法国地方自治制度》等书。

③ 郡：诗存、《归来吟》作"都"，应为郡。

④ 客：诗存、《归来吟》为"雨"。

⑤ 旧：诗存、《归来吟》中作"知"。

⑥ 泊头：今河北省沧州治下，民国时属交河县。1949 年设泊头镇，现为泊头市。

⑦ 连窝：见第 23 页。

⑧ 志：诗存、《归来吟》作"治"，应为治。

明湖衰柳晚烟低，倚棹重来旧径迷。

省识渔洋哀怨意，那堪吟吊又隋堤①。

雷声乍歇驻行辀，鹤发伊谁候道用②。

把臂更逢二三子，相思应共慰三秋。　至青岛，周玉老③及于
晦若④、刘幼云、陈诒重⑤诸君迓于车次。

考盘幽僻在岩阿，斗室如舟足窹歌。

窗里观⑥山外观海，吟情应比白云多。

征尘才拂又星驱，千里攀髯拜鼎湖。

重咏昭陵工部句，空余流恨满山隅。

卖卜遗臣海角来，采薇故老出林隈。

齐挥顾叟昌平泪，风泻松涛万壑哀。京外各处旧臣自来陵次
行礼者一百三十余人。

---

①隋堤：位于河南商丘至永城之间的汴河故道，因筑于隋朝，故名。

②用：诗存、《归来吟》均作"周"，疑应为"周"字。

③周玉老：周馥（1837—1921），字玉山，号兰溪。安徽至德（今安徽东至）人，诸生。
入李鸿章幕。升任县丞、知县、直隶知州留江苏补用、知府留江苏补用，以道员身份留直
隶补用。清光绪初年历任永定河道、津海关道兼天津兵备道等职。清光绪十四年（1888），
升任直隶按察使、直隶布政使、代理直隶总督兼北洋通商大臣、两江总督、两广总督。辛
亥革命后，以前清遗老自处。谥清赐谥悫慎。著有《周悫慎公全集》《玉山诗集》《易理
汇参臆言》《负暄闲语》等。

④于晦若：于式枚（1856—1915），小名穗生，字晦若。广西贺县人。清光绪六年（1880）
进士。历官礼、吏诸部侍郎，广东学政、京师大学堂总教习、译学馆监督。曾出使俄国、德国。
民国后居青岛。

⑤陈诒重（1871—1929）：名毅，字诒重，以字行。室名郋庐。湖南湘乡人。清光绪
三十年（1904）进士，授刑部郎中，后官至邮传部主事、京师大学堂提调。1917年张勋复
辟时，曾授邮传部右侍郎。有《郋庐诗集》存世。

⑥观：诗存作"看"。

尊俎将将玉座寒，盈亭黼扆尽殷冠。

何期沧海桑田后，暂得威仪睹汉官。 奉安后，行虞祭礼，群
臣皆蟒服从事。

遵海归程问水滨，吾庐寂寞自生春。

惭教绝域乘槎客，来作衡门问字人。

迁乔出谷咏嘤鸣，孔思周情抱共倾。

日日摊书商旧学，浑忘异地托宾氓。

莘莘学子集缁帷，前席横经互析疑。

笑我残年荒落久，皋比又患作人师。

九九寒消迭举觞，无聊且自看春光。

休歌南国云亭曲，剩水残山尚未亡。 尊孔文社[1]同人为消寒
之会，每九集于尉君所设礼贤书院[2]，云亭山人[3]《桃花扇传奇》吴生之言曰：我辈且看春
光，其时南都犹未亡也。

远岫云归大小劳，故人举目万峰高。

易安便是柴桑宅，詹尹何烦卜楚骚。

---

[1]尊孔文社：尉礼贤于1913年2月创办于青岛礼贤书院内，并请劳乃宣主持社务，
1937年解散。

[2]礼贤书院：尉礼贤于1900年创办于青岛，1903年迁至上海路，为青岛较早的新式学堂。

[3]云亭山人：孔尚任（1648—1718），字聘之，又字季重，号东塘，别号岸堂，自称
云亭山人。山东曲阜人，孔子第六十四代孙，著述除《桃花扇》外，尚有《小忽雷》《湖海集》
《岸堂文集》《长留集》等传世。

题徐菊人①相国双隐楼读书图

百尺高楼拥百城，海风吹送读书声。
羡君真践联床约，雅胜苏家句里赓。

鸿翩冥冥与世遗，高情孤识更谁知。
机云长住三间屋，焉有华亭鹤泪悲。

自号劳山居士，乞金谨斋为镌印章

福州际板荡，遁世东海滨。
劳山表海隅，高并泰岱尊。
缅维得姓始，我本山中人。
新居托羁旅，旧泽遗先民。
因以山自号，祖德怀清芬。
昔有文文山②，正气扶乾坤。
今有罗罗山③，大节陵秋雯。

———————

①徐菊人：徐世昌（1855—1939），字卜五，号菊人，又号水竹邨人、弢斋。祖籍浙江鄞县，出生于河南卫辉府。清光绪十二年（1886）进士，任翰林院庶吉士，后授编修。历任东三省总督兼管三省将军事务、邮传部尚书、津浦铁路督办、协理大臣。辛亥革命后任军咨大臣、国务卿。1918年10月任总统。著有《欧战后之中国》《退耕堂政书》《大清畿辅先哲传》《书髓楼藏书目》等。

②文文山：文天祥（1236—1283），自号文山。

③罗罗山：罗泽南（1808—1856），字仲岳，号罗山，湖南湘乡人。清咸丰元年（1851）举孝廉方正，因抗太平天国，屡立军功，先后被授知县、同知、知府、道台、按察使衔、布政使衔，咸丰六年（1856）三月，与胡林翼会攻武昌，战死。谥忠节。著有《周易附说》《读孟子札记》《西铭讲义》《人极衍义》《小学韵语》《姚江学辨》《方舆要览》等，后人辑有《罗罗山遗集》。

愧我饱薇蕨，来成首阳仁。

贸焉思慕蔺，恐被山灵嗔。

遗山[①]草野史，高亭拂青云。

船山[②]逃空谷，土室甘沉沦。

惭无二子学，愿步二子尘。

金子工铁笔，远轶三桥文[③]。

乞君运妙腕，为我镌贞珉。

虫篆赤文古，螭纹青玉珍。

钤之诗卷间，鸿爪长留痕。

列之几案上，终日如对君。

请君速奏刀，骎然遇以神。

---

①遗山：元好问（1190—1257），字裕之，号遗山，太原秀容（今山西忻州）人。金末元初诗人。

②船山：王夫之（1619—1692），字而农，号姜斋、夕堂，晚年隐居石船山，故后人称之为"船山先生"。湖广衡州府衡阳县（今湖南衡阳）人。明清之际思想家。著有《周易外传》《黄书》《尚书引义》《读通鉴论》《宋论》等书。

③三桥文：指文彭（1497—1573），字寿承，号三桥、三桥居士。南直隶苏州府长洲（今苏州）人。明代书法篆刻家，文徵明长子。

寓岛①周玉山②、陆凤石③、吕镜宇④、刘云樵⑤、王石坞⑥、赵次珊⑦、童次山⑧、李惺园⑨、张安圃⑩诸公约为十老会，饮于玉老斋中，摄影纪事，率成一律

绿野东山望并清，披裘我愧酒同倾。

睢阳只自传图画，司马何劳识性⑪名。

惟剩海滨栖大老，那寻洛社咏耆英。

田横岛畔寒风劲，好与苍松共证盟。

①诗存、诗稿有"同人"。

②周玉山：周馥。见第79页。

③陆凤石：即陆润庠。见第74页。

④吕镜宇：吕海寰（1842—1927），字镜宇，山东掖县（今莱州市）人。清同治六年（1867）举人，历任驻德国、荷兰两国公使，工部尚书，钦差商约大臣，兵部尚书，外部尚书，督办津浦铁路大臣，中国红十字会会长、名誉会长等职。著有《奉使金鉴》《庚子海外记事》等。

⑤刘云樵：刘矞祺（1842—1920），字云樵，以字行，号髯樵，江西德化人。清同治六年（1867）举人，历任嘉兴、秀水知县，后任两浙盐运使。

⑥王石坞：王季寅（1843—1925），原名伯鸾，字石坞，山东掖县（今莱州市）人。受左宗棠赏识，历任甘肃隆德知县、四川建昌道、浙江督粮道。精于医道。

⑦赵次珊：赵尔巽（1844—1927），字公让，号次珊，别号无补，奉天铁岭人，祖籍山东蓬莱。清同治十三年（1874）进士，入选翰林院庶吉士，散馆编修。历任国史馆协修官、福建道监察御史、镶白旗官管学官、广东道监察御史、山西巡抚、湖南巡抚、户部尚书等。

⑧童次山：童祥熊（1844—1917），名坚国，字小将，号次山，浙江鄞县人。清光绪九年（1883）进士，授翰林院编修，历任安徽道台、山东劝业道道台。

⑨李惺园：李思敬（1844—？），字惺园，奉天铁岭人，寄籍广东番禺。清光绪二十一年（1895）举人，授一品封典。

⑩张安圃：张人骏（1846—1927），幼名寿康，后改名人骏，字千里，一字健庵，号安圃，自号湛存。先世由山东海丰（今无棣）迁北直隶丰润大齐坨。清同治七年（1868）进士，授编修，历官山东巡抚、山西巡抚、广东巡抚、两广总督、两江总督等。

⑪性：诗存、诗稿作"牲"，应为"牲"。

浼金甸①丞作劳山归去来图金君题作劳山归隐图，赋此抒意

劳山本我家，言归自不忝。

求志圣未见，曰隐吾岂②敢。

金子笔粲花，林泉工点染。

图成锡嘉名，使我心嗛嗛。

此来本逃世，时名非所噉。

若以隐自标，翻蹈沽炫憾。

不如直言归，语质情乃淡。

君画良足珍，君意弥堪感。

请藏卷轴内，韬之以锦赚。

仍云归去来，外以署吾检。

譬如玉韫椟，宝气内潜敛。

譬如衣尚绚，视之色阄阄。

可名非常名，肥遁吾何慊。

---

①甸：诗存、诗稿作"殿"。
②岂：诗存作"其"。

题章一山①藏俞曲园②反正体诗册③

篆文左右同体字纂集为诗，与曲园唱和得诗多篇，曲园定其名曰"反正体诗"，一山为曲园弟子。

幽兰小室忆庭闻，画意琴心记壁文。

输与君家师弟子，新篇络绎吐奇芬。　童时闻先大夫言，有以玻璃为额，书"幽兰小室"四篆者，反面观之为"室小兰幽"。清同治间，在保定见有以玻璃为窗，于壁间者篆书一联曰：幽竹半亭画意，高山一曲琴心。两面皆同，以为工绝，不意复睹此奇制。

俞楼寂寞曲园荒，异代惟余翰墨香。

反正莫言非美谶，春秋拨乱本尊王。　题咏诸家多以反正为不祥之谶。余谓不然，拨乱世反之正，乃春秋尊王之旨也。

海滨即目④

波光如镜暮山孤，两道长堤入画图。
更复谁知是东海，宛然身已到西湖。

---

①章一山：章梫（1861—1949），初名桂馨，后名正耀，字立光，号一山，浙江宁海（今三门县海游）人。清光绪三十年（1904）进士，选授翰林院检讨。历任京师大学堂译学馆提调、监督，国史馆协修、纂修，功臣馆总纂，邮传部丞参上行走，京师大学堂文科提调，北京女子师范学校校长。著有《清康熙政要》《一山文存》《一山息吟诗集》等。

②俞曲园：俞樾（1821—1907），字荫甫，号曲园老人。浙江德清人。清道光三十年（1850）进士，官河南学政。后遭罢。著有《春在堂全书》等。

③诗存有"一山以"。

④此诗存、诗稿中有跋：胶澳为海滨一曲，波平无巨浪，水中有岛，岸外有堤，颇似西湖风景，即日口占。

幽居

幽居寂寞枕丘隅，举目轩窗即画图。

槐荫近围青步障，松峦遥覆绿氍毹。

阶随高下山为地，波鉴空明海似湖。

莫笑主人年太老，风光正称白髭须。

近圣草

甲寅之秋，海上兵兴，自青岛至济南小住，旋移曲阜，所居密迩至圣庙垠。录所作为《近圣草》，济南之作附焉。

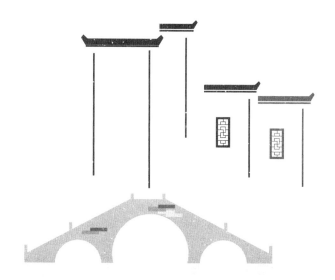

题朱燮臣①明湖纪游图

打桨明湖忆旧游，重来烟柳黯汀洲。

回头四十三年梦，更比遗山过一秋。 元遗山《重游济南》
句云"四十二年弹指过"。予庚午去济南，癸丑复来，已四十三年矣。

历下亭②高夕照殷，汇泉寺③古水潺潺。

渔洋④去后秋风冷，哀怨伊谁咏玉关。

铁公祠⑤下渚莲红，又见新龛祔六忠。

太息纲常沦⑥废后，尚留俎豆表英风。 燮臣先公榷盐政时，
葺铁公祠，祔祠同时殉国六忠。

展君图画一凄然，甲子犹题宣统年。

拈得小诗书纸尾，孤怀愿附义熙传。

---

①朱燮臣：朱寿延（1877—?），江苏南汇（今属上海）人。秀才。曾任亚洲银行、
华懋银行、民孚银行董事长，上海商学公会副会长。

②历下亭：济南名亭，因南临历山而得名。

③汇泉寺：位于济南大明湖南岸，始建年代不详。清嘉庆五年（1800）重建，1949年
后大部分倾圮。

④渔洋：指王士禛（1634—1711），原名王士禛，字子真，一字贻上，号阮亭，又号
渔洋山人，世称王渔洋，山东新城（今桓台）人。清顺治十五年（1658）进士，选为扬州推官，
迁至刑部尚书。谥文简。著有《带经堂全集》《渔洋山人精华录》《池北偶谈》等。

⑤铁公祠：位于济南大明湖畔，为纪念明代兵部尚书铁铉所建。

⑥常沦：诗存、诗稿作"沦常"。

《共和正解》之作，报章大肆讥评。有报绘一老者发辫①掩内，出两手作摇头，门端露"爱新"二字、半"觉"字，后有西装一人，戟手而指，题曰"劳而无功"。忆庚戌在资政院争新刑律时，报纸画一翁，伛偻担两巨石，一书"礼"，一书"教"，亦题"劳而无功"四字。见谤反以见重，何后先符合，如是亦足见报馆意识之陋矣。率成一律以志愧幸

无功莫漫笑徒劳，华衮真成一字褒。

精卫口瘏终奋翼，杜鹃血尽尚哀号。

昔年礼教双肩重，此日天阍万仞高。

写出孤臣心上泪，画师谢尔笔如刀。

---

①诗存、诗稿后有"后飏，手捧一牌，大书'万万岁'，向宫门而趋，宫门半掩，内出两手作摇状"。诗稿后有"甲寅冬日，无功老人草，自今以此自号"。

感怀寄和徐楼樵①原韵

久是墙东待尽身，诗肠芒角剩嶙峋。

海隅讴诵还思汉，台阁文章半剧秦。

愧我徒劳双阙梦，输君犹步六街尘。

牢愁缄付頳②鳞去，开札应看泪点新。

---

①徐楼樵：即徐坊。见第52页。
②頳：诗存、诗稿作"赪"，应为"赪"。

090

东归别咏

　　癸丑冬，移家青岛，有《东归剩咏》之作，居数月，携子女辈作泰山之游，经曲阜至济宁扫墓而还，忽闻战衅，迁济南小住，复寄于曲阜。青岛战事毕，尉君书来约复往，复书期以来春。一岁之中，踪迹蓬飘①，悲愉不一，有不能已于言者，即事有作，以《东归别咏》颜之，以曲阜本旧游，且仍在东省，亦可目之以归也。②

　　　　　　　　旸谷春从海上来，扶桑晴日暖初回。
　　　　　　　　旄邱尽是流离侣，忍举屠苏献岁杯。　同人相约不贺年。

　　　　　　　　小庭半亩遍锄耰，莫负东风菜甲抽。
　　　　　　　　五十本葱一畦韭，壶卢满架豆盈畴。

　　　　　　　　清阴一径入山深，乱落槐花遍地金。
　　　　　　　　行到峰回溪转处，朱樱千树又成林。

　　　　　　　　雪鬓霜髯孰主宾，依稀履道宅中春。
　　　　　　　　何期辽海逃名客，又作香山入会人。　寓岛同人周玉山、陆凤石、吕镜宇、刘云樵、王石坞、赵次珊、童次山、李惺园、张安圃相③饮于玉老斋中。

----

①踪迹蓬飘：诗存、《归来吟》作"身世飘摇"。
②诗存、《归来吟》署"甲寅冬月"。
③诗存、《归来吟》有"约共为十老，会"。

杰阁经营耸杞柟，婵嬛万轴待幽探。

不同郑氏藏心史[①]，亦自为文秘铁函[②]。尉君筑藏书楼，经始之初，属作记缄之铁函，瘗诸楼址。

门外无端立使车，言甘币重意何如。

自惭未学龚生夭[③]，却聘徒传一纸书。 袁氏[④]遣使来聘为参政，却之。

频年泰岱志幽寻，今日驱车惬素心。

儿女本为游岳累，我携儿女共登临。

举目岩岩气象尊，篮舆安稳陟天门。

置身不觉青云上，一览群峰尽子孙。

迎旭亭[⑤]高冒晓寒，东隅惆怅雾漫漫。

忽经[⑥]眼缬花生眩，碾上彤轮碧霭端。

仰视长空杲杲晴，俯看云海莽然平。

始知身出尘寰表，忘却人间万虑营。

日观崇高石坞幽，水帘御帐各悬流。

一丘一壑皆殊胜，并入奚囊笔底收。

①心史：郑思肖（1241—1318），宋末福建连江人，有诗集《心史》。

②铁函：指劳乃宣为藏书楼所作《青岛尊孔文社藏书楼记》。

③龚生夭：典出《汉书》卷七十二《王贡两龚鲍列传·龚胜、龚舍》。

④袁氏：指袁世凯（1859—1916），字慰亭，又字慰廷，号容庵、洗心亭主人，河南项城人。在天津小站训练新军起家，辛亥革命后成为中华民国大总统。1915 年 12 月称帝，引发护国运动，1916 年 6 月病故。

⑤迎旭亭：泰山名亭，又名观日亭，在玉皇顶东南。

⑥经：诗存、《归来吟》作"惊"。

新甫徂徕逦迤平，悠悠鲁道汶流清。
舞雩归咏曾游地，携幼重来百感并。

又向南池问旧游，残阳古道省松楸。
归舟记得从兹去，回首鸿泥十五秋。

登岳归来懒看山，朝朝读易掩柴关。
桃源忽讶传烽火，变幻风云顷刻间。

避地重来①泺水②滨，抚今伤往一霑巾。
僧丁张李还祠庙③，都是先朝敌忾臣。

依归愿近圣人居，且傍宫墙托敝庐。
一任浮云苍狗变，饭疏饮水读吾书。　作《正续共和正解》《君
主民主平议》印行，时论大哗。

几篇文字任讥诃，知我奚如罪我多。
试问班家王命论，并时识解果谁何。

为访霜林出郭门，周公台④古晚红繁。
升堂读罢三缄戒，愿与金人共慎言。　周公庙多红叶，有金
人塑像。

---

①来：《归来吟》作"寻"。
②泺水：济南护城河，别称"泺河"，流入大明湖。
③张李祠庙：指张曜和李鸿章。张曜（1832—1891），字亮臣，号朗斋，祖籍绍
兴，生于杭州，以团练起家，历官至山东巡抚，有《河声岳色楼集》。李鸿章（1823—
1901），安徽合肥人，本名章铜，字渐甫、子黻，号少荃（泉），晚年自号仪叟，别号省心，
谥文忠。
④周公台：位于山东曲阜城东，今属宁阳县境。

传来尺素武城书，薪木无伤寇退初。
记取家山春信早，好修墙屋赋归欤。

我本东西南北人，水岸风絮总前因。
心安何处非吾土，岂必深山始避秦。

赠孔晴甫①内弟即祝其六十生日八十韵

晴甫少予十三岁，以至戚为至交。识自孩提，今成白首。予宦游畿辅，相从者二十年，迨予归田，君客山左节幕又十年，独立变作，拂衣而归。予奉召复出，回翔中外，值国变退耕涞野，橐笔胶滨，海上兵兴，又相见于阙里。予年七十二，君五十九矣。回首旧游，恍若梦寐。开岁乙卯正月下旬二日，为君六十生辰。抚今追昔，述慨抒情，有不能已于言者，成长律八十韵，以写我怀，且为君寿。

缅昔咸丰岁，初逢茂苑边。
兰芽方在抱，葛藟记新联。
游见胥台鹿，飞随朔野鹯。
泗滨秋未暮，贰室月刚圆。
燕寝欣掺袂，龙文快著鞭。
温经音朗朗，数典口便便。
径薛朝骑竹，庭莎昼簸钱。
泮游时把臂，沂祓每随肩。

_____

别绪纷南浦，征程指北燕。

一从咏潭水，几度换星躔。

再见疑新识，相从总夙缘。

弇兮何突尔，冠者乃翩然。

沈李南皮乐，栽花曲逆妍。

蠹吾官舍敝，重合故城偏。

徐水才移棹，吴川又返船。

年年资佐助，处处共回旋。

鼓听黄绅被，琴鸣绿绮弦。

政疑赖商榷，句险待推研。

对弈旁观静，挥毫逸兴骞。

持筹考古算，辨韵订新编。

庙市千商集，郊原百戏阗。

缘竿童夭矫，履索妓蹁跹。

流水车争捷，追风骑竞先。

时和春蔼蔼，民乐道平平。

舆诵惭盈耳，妖氛诧奋拳。

孙恩称秘术，张角诩真诠。

伐叛行师果，投巫用法专。

刑驱魑魅退，血染髑髅鲜。

纵寇咙言哄，辞荣去志坚。

铜章俄脱屣①，竹帛亦忘筌。

古里寻双阙，灵源问五泉。

鹤归世已易，鸟倦晚同还。

畎亩仍怀土，江湖复扣舷。

鲈莼餍吴会，鱼菽荐泷阡。

---

①屣：诗稿作"手"。

我种篱根菊，君吟幕府莲。

席珍身比玉，草奏笔如椽。

累牍恒辞荐，诸公雅好贤。

不求金作带，但以砚为田。

小丑公为^①乱，高牙遽失权。

褰裳完洁白，拂袖绝营^②牵。

出书轻装速，还陬乐事全。

佳儿森玉树，良友契金荃。

病退强逾少，心安寂似禅。

云霄骞鸾鹄，泥滓视貂蝉。

忆税柴桑驾，犹惊浪泊鸢。

履綦惟坦坦，贲帛作^③戋戋。

憬赴丹毫召，爰赓绛帐篇。

入霑温绶露，出惹御炉烟。

珥笔趋清禁，陈谟侍讲筵。

轺车宏乐育，黉序愧陶甄。

阙诣重霄凤，堂升太学鳣。

潢池弄兵甲，江汉肆戈铤。

未见骊烽逼，无端洛鼎迁。

锄携涞浸侧，冠挂国门前。

庑寄梁鸿灶，家余子敬毡。

辍耕心耿耿，闻笛涕涟涟。

身世离群雁，情怀望帝鹃。

西畴孤杖返，东海尺书传。

青峤林峦淑，缁衣礼数虔。

---

①为：诗存、诗稿作"称"。

②营：诗存、诗稿作"萦"。

③作：诗存、诗稿作"乍"。

宛成邹鲁党，忘是首阳巅。

讲易研朱坐，抛书枕石眠。

韦编穷矻矻，鼙鼓动嚣嚣。

溟渤遥违险，宫墙近托廛，

倾襟陈迹数，握手旅愁躔。

五十余年梦，三千里外天。

追思泥印爪，坐对雪盈颠。

岂识王家腊，还推绛叟年。

古稀吾逼①矣，花甲子周焉。

凤纪看回斗，蟾辉欲下弦。

梅开春正永，桃熟算齐绵。

翟茀琴调好，斑衣彩舞翩。

捧觞思不匮，举案礼无愆。

兄弟歌棠棣，妻孥乐豆笾。

辑颜师卫武②，信古比彭篯③。

即此为园绮，奚庸羡偓佺。

慨众灵谷变，讵望耄期延。

旧雨今重话，余晖且共怜。

旷怀观水月，抑志慎冰渊。

大耋休嗟若，分阴各勉旃。

愿将无尽意，染翰付华笺。

---

①逼：诗存、诗稿作"过"。

②卫武：卫国第十一代国君。

③彭篯：即彭祖。

苦寒夜坐

凛凛霜威夜欲阑，幽窗对影雁声酸。

从知秦世年无燠，应比尧崩岁更寒。

冷砚冰凝吟管涩，孤檠风飐客裘单。

红炉余烬休嫌少，热意犹存一点①丹。

岁暮野步

新晴步郊野，春意露柔柯。

麦陇融初润，林风拂已和。

趁墟寒菜夥，到②市彩花多。

一笑凋年近，流光任逝波。

①点：诗稿作"寸"。
②到：诗存、诗稿作"列"。

梁节庵①种树崇陵②，以岁暮大祭，馂余饼饵见寄，节庵附感赋长歌却寄 乙卯

书中云：祭毕，入都，除夕宫门请安，元旦诣乾清门，单班蟒服行礼。

鼎湖龙去山河改，抱弓独有遗臣在。

筑室三年不忍归，桥山亦植洙泗楷。

宫莺百啭回春阳，尧城昼闭无冠裳。

路门晨趋臣一个，殷家黼冔何跄跄。

寝园荐罢颁余馂，梅驿迢迢远相餫。

拜受还先正席尝，岁寒薇蕨堪同进。

辉胞翟阖共沾惠，凄其泪洒红绫润。

嗟予去国中心摇，舳舻回首琼楼高。

石门玉殿更何许，遥思松柏风萧萧。

枉自江湖怀魏阙，无复承明肃绅笏。

未效龚生③膏自销，却笑陈琳④矢空发。

耿耿难忘向日衷⑤，垂垂徒剩侵霜发。

羲轮西望沉虞渊，翠微想像烟云间。

孤臣憔悴在天末，莫由泥首随鹓班。

烦君代告瑶坛下，鉴此微诚一寸丹。

①梁节庵：梁鼎芬。见第71页。

②崇陵：位于河北省保定市易县金龙峪，系清光绪皇帝和孝定景皇后合葬陵寝。始建于清宣统元年（1909），民国四年（1915）完工。诗稿无"崇陵"二字。

③龚生：龚胜，西汉末大臣，拒绝出仕王莽新朝，绝食而死。事见《汉书·龚胜传》。

④陈琳（?—217）：字孔璋，东汉末年人，"建安七子"之一。

⑤衷：诗存作"哀"。

步金甸丞①寄怀元韵

又是阳回黍谷春，宫墙数仞且潜身。　所居近至圣庙②墺。

藏书于壁空怀鲁，以吏为师竟睹秦。

梦里还家忘异代，山中招隐有幽人。

便思一棹萧然去，三径重寻旧踏尘。

题刘幼云③潜楼读书图

龙潜远遁世，确乎不可拔。

鱼潜深在渊，退焉藏于密。

潜德人莫窥，惟堪自怡悦。

炳然见丹青，高楼俯溟渤。

森森百城拥，琳琅富万帙。

中有把卷人，书声金石出。

斯人古君子，耿耿寸心热。

少年玉堂彦，文韶早持节。

还朝育菁莪，鹿洞示高揭。

新潮方波靡，守旧任讥切。

我从田间来，应召趋绛阙。

金门乍邂逅，倾盖便心折。

感时对搔首，论心每促膝。

谟猷陈讲筵，承明共簪笔。

---

①金甸丞：金蓉镜。见第75页。

②至圣庙：曲阜孔庙。

③刘幼云：刘廷琛。见第69页。

我为礼律争，自笑愚公拙。
君亦建谠言，宛若蚤与蝎。
宦迹类萍蓬，聚散何倏忽。
春看江南花，秋踏燕台月。
国学坐皋比，邦教佐卿秩。
头衔一条冰，步步踵君辙。
方冀相于喁，狂澜挽万一。
何期大厦倾，瓦解始朝列。
谁能朝衣冠，涂炭乞生活。
鸿飞去冥冥，此身庶归洁。
君濯东海流，我啮西山雪。
颂声卅八万，炎祚崇朝灭。
吁嗟安适归，空啼子规血。
负耒太行趾，频年甘藿粝。
海上双鲤鱼，传来数行札。
适馆歌缁衣，远人慕儒术。
先畴寻故邱，大劳瞻嵽嵲。
相逢灵谷非，把臂互凄咽。
登君百尺楼，云岚遥出没。
借君架上书，缥缃恣讨阅。
行吟赓式微，近局会真率。
避秦桃花源，此境差仿佛。
突闻战鼓鸣，骤化豺虎窟。
分歧走齐鲁，仓皇又言别。
琐尾不足嗟，所悲虞渊日。
并苦无斧柯，聊各腾口说。
法语子闳肆，巽言我纡郁。
知我无二三，罪我乃七八。
风涛起文字，轩然大波谲。

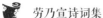
余生本幸存，祸福安足恤。
但求所读书，对之无忸怩。
比得武城讯，薪木未毁失。
相期早返驾，墙屋修我室。
且待干戈平，山川复清谧。
与子携手归，同饱首阳蕨。
再上君家楼，晴旭扶桑拂。
再读楼中书，百忧一时豁。
蔼蔼林峦幽，茫茫海天阔。
披图暂卧游，水木睹明瑟。
题诗存息壤，留与山灵质。

穷巷

穷巷亦人境，未堪称隐沦。
世移幸身老，时乱喜家贫。
敝屦行吟便，胡床坐睡亲。
庭花任开落，无复惜残春。

和曹君直^①寄怀元韵

莫觅岩阿被女萝，灵光址畔夕阳多。

苞稂已寤周京梦，丝竹空怀鲁壁歌。

故纸君犹研马郑^②，新亭谁复罪王何^③。

几时一舸吴阊去，共泛山塘七里河。

梁节庵久居崇陵下，今春遍谒东西诸陵，来书见告，赋此寄之

天寿山^④前泪满裾，孝陵卫^⑤下屡停车。

孤忠远数亭林叟，却少三年筑室居。

---

①曹君直：曹元忠（1865—1923），字夔一，一作揆一，号君直，别号瓻云，晚号凌波居士。江苏吴县（今苏州）人。清光绪二十年（1894）举人。捐内阁中书，历官学部图书馆、礼学馆纂修，内阁侍读，资政院议员等。民国后为遗老。工诗词，著有《笺经室遗集》。

②马郑：东汉经学大师马融与郑玄之并称。

③王何：晋王恺与何曾并称，皆以奢侈名世。

④天寿山：明十三陵所在地，位于北京昌平北部，葬有明代十三位皇帝。

⑤孝陵卫：位于南京玄武区紫金山南麓，为朱元璋帝后以及子朱标合葬陵。

题自订年谱后

偃蹇乾坤一腐儒，老来牛马任人呼。
铜仙阅尽沧桑劫，剩有难忘是故吾。

少小埋身故纸丛，白头还作蠹书虫。
青灯回忆儿时味，雪案鸡窗在眼中。

忝将姓氏附传胪，戢羽依然返故庐。
此事群恩露独厚，归来补读十年书。

载花旋现宰官身，一枕黄粱二十春。
竹马儿童多长大，邯郸犹作梦中人。

儿戏潢池弄鬼兵，投巫小试一方清。
哓音瘏口无人省，室毁徒留事后名。

吾谋不用拂衣归，绕屋清流静掩扉。
领略乡园风味好，冬春米软晚菘肥。

偶作严公座上宾，石城^①重访六朝春。
无端束帛戋戋贲，又踏长安十丈尘。

陈谟载笔侍岩廊，讲幄风清惹御香。
更向广场争礼律^②，任他举国目为狂。

---

①石城：又名"石头城"，六朝时南京著名遗迹，亦为南京别称。
②全句：指清光绪三十二年（1906）以张之洞、劳乃宣为首的礼教派与沈家本为首的法理派产生的争论。

上庠方愧皋比拥，九庙①俄惊七鬯危。
未见泮芹歌献馘，忽闻阶羽议班师。

筑室盈庭②社鬼谋，坐看鱼烂更谁尤。
鸿飞只有冥冥去，回首天阍涕莫收。

西山薇蕨惭孤竹，东海诗书慕幼安③。
行遁孤纵屡飘泊，鲁王宫④畔又盘桓。

痴怀思返鲁阳戈，一纸空文起大波。
徒使蟪蛄声满耳，斧柯莫假奈山何？

取日虞渊愿莫酬，从今洗耳效巢由。
箕山颍水知何是，且作人间不系舟。

大耋休嗟绛叟年，人生难得是华颠。
茫茫来日知余几，委化无劳更问天。

毕生心迹泯将迎，历遍崎岖视若平。
自问非夷亦非惠，孤怀留待后人评。

回头往事已成烟，聊记鸿泥旧日缘。
自序敢希班马⑤笔，愿随五柳传⑥同传。

①九庙：泛指帝王庙宇，包含太祖庙、三昭庙、三穆庙等。王莽时增至九庙。
②庭：诗存作"廷"。
③幼安：辛弃疾（1140-1207），字幼安，南宋将领，豪放派词人。
④鲁王宫：位于山东曲阜东南，为鲁王五代诸侯王陵墓。
⑤班马：汉代著名历史学家班固和司马迁的并称。
⑥五柳传：东晋陶渊明所作，五柳也为其代称。

题刘伯绅双松一石图和吴蔚若①元韵 双松指刘

潜楼及余一石以自喻也

苍松挺劲姿，鸾鹤下翔舞。

介石守贞操，不畏雪霜苦。

蒲柳望秋零，敢与铁骨伍。

顾惭画师笔，强使植同土。

黾勉期后凋，俯仰慨寰宇。

茫茫陵谷倾，万江荡无主。

格高世莫容，性刚孰与语。

请居广莫野，远隔浊尘聚。

天籁和笙簧，清磬叶笋簴。

三友共岁寒，冰心矢千古。

新居偶成

面圃忘城市，翛然野趣生。

菜肥经雨圻，葵重受风倾。

壁以泥新湿，窗因地敞明。

胡床闲坦腹，栩栩梦魂清。

---

①吴蔚若：吴郁生（1854—1940），字蔚若，号钝斋、钝叟，江苏元和（今苏州）人。清光绪三年（1877）进士，历官编修、侍讲学士、礼部侍郎、四川学政、邮传部右侍郎、弼德院顾问大臣。

东归别咏之二

甲寅八月，移家阙里，有《东归别咏》之作，当时有复返青岛之约，而欧战未已，不克践言。忽忽经年，耳目接触，人事错杂，有得辄书，不能自已，又得十六绝以继之。①

宫墙数仞且栖迟，不觉鹅黄上柳枝。

沧海群龙正酣战，武城归计又愆期。

空庭幽敞眩朝曛，灿烂棠枝上拂云。

花出墙颠高吐艳，草随地坼曲成纹。

春郊沙暖草芊芊，携幼闲循野径便。

拾得有虞残瓦豆，古陶知在汉周前。　西郊地多残瓦，器形如有虞氏之瓦登，知为古制陶之所。

故人来自海东滨，近圣人居好结邻。

不独论文数晨夕，儿童笔砚亦相亲。　商云汀②前同居青岛，今移家阙里，朝夕过从。

童冠追随白裌轻，舞雩台上晚风清。

昔贤言志原虚想，我辈今为实践行。

老桐又报苗孙枝，聊把分甘慰雪髭。

但乐箪瓢薄轩冕，他年莫负大苏诗。　健儿生一孙③。

①《归来吟》署"乙卯九月"。

②商云汀：商衍瀛（1869—1960），字绍明，一字云汀、蕴汀、舟石，号云亭，别号贫厂，广州驻防正白旗汉军。清光绪二十九年（1903）进士，翰林院侍讲、京师大学堂预科监督。

③孙：指劳元期，字伯迟，劳健章子，1915年生，卒年不详。

旧姻新特意无穷，为我诛茅一亩宫。

不羡苏门老征士，兼山堂筑百泉东。　孔氏为余妇家，又为婿家。幼云婿①于其后圃筑室十余楹，约余来居。

南檐五架草堂开，别辟书轩待月来。

更植疏篱编麂眼，闲花一一旋移栽。

春韭秋菘种满畦，南修豚栅北鸡栖。

东坡菜与何曾肉，一饱无妨物我齐。

双栖记得共雕梁，孤燕重来隔画墙。

五十三年尘影在，人间天上两茫茫。　当年甥浼，相隔一墙。

残荷犹剩两三花，古泮池头看晚霞。

鹅掌拨萍开复合，燕襟拂柳正还斜。

朋簪远贲约幽寻，邃古同怀向往心。

少昊陵②高台矗矗，梁公林茂柏森森。　刘幼云自青岛来，刘伯绅自天津来，约同云汀共游少昊陵、启圣林③。启圣林，士人称梁公林。

素王盛会集冠裳，钟簴凋零慨乐亡。

回忆昔年瞻旧典，笙镛盈耳尚洋洋。　孔教会祭于至圣庙，乐舞均已残缺。

①幼云婿：孔繁淦（1867—？），字丽生，号幼云，廪善生，清光绪二十三年（1897）拔贡，山东曲阜人，曾任京师审判厅厅丞，娶劳乃宣长女劳绚（字绚文）。生子六，祥朴、祥柯、祥格、祥勉、祥选、祥达。

②少昊陵：位于山东济宁市曲阜城东旧县村之东北高阜，"三皇五帝"之少昊墓地。

③启圣林：亦作启圣王林，又称梁公林，位于曲阜城东，系孔子父母合葬墓地。

亡国孤臣海曲来，殷家黼冔剧堪哀。

明夷箕子①遗风在，投阁扬雄盍愧哉。　有朝鲜遗臣四人来与

祭，犹服其故国衣冠。

灯前儿女笑言亲，忘却天涯泛梗身。

话到家山共回首，山中还有望云人。

故园松菊未全荒，况复泷阡桧柏苍。

暂借他乡当吾土，渊明终不忘柴桑。

祝温毅夫②侍御母夫人八十寿

瑶池桃熟气氲氲，遥望南天五色云。

画荻清风宜有子，倚闾懿训不忘君。

西山薇美充甘旨，北阬萱荣乐典坟。

善养自应胜禄养，闲居一赋远流芬。

---

①箕子：子姓，名胥余，殷商王之子，后远走朝鲜，建箕子朝鲜国。

②温毅夫：温肃（1878—1939），原名联玮，字毅夫，又字清臣，号檗庵，晚号杜鹃庵主。
广东顺德人。清光绪二十九年（1903）进士，授翰林院编修。历官国史馆、实录馆协修官，
湖北道监察御史。清帝逊位后，曾任溥仪的南书房行走讲官。1929年至香港大学教授先秦
哲学。善属文，著有《贞观政要讲义》《温文节公集》等。

九日登舞雩台①

沂水风清霁色开，两三童冠共徘徊。

悠悠柳浪随堤去，浩浩松涛卷地来。

九日悲秋空吊古，万方多难且登台。

明年此会知何在，搔首长天暮霭催。

蛰圃吟

孔婿幼云于其后圃筑室居予，艺蔬菜种瓜，颇饶野趣，为颜之曰"蛰圃"，诗以纪之。

穷阴天地闭，霾曀塞九宇。

茫茫归安适，蹙蹙骋靡所。

思得一丘卧，蛰虫共墐户。

昏姻就尔居，愿托伯鸾庑。

佳哉坦腹贤，为我辟榛莽。

平芜三亩园，蒙茸翳蘅杜。

挥锄诛蒿莱，登登兴百堵。

南轩敞萝窗，北堂耸柏柱。

东西横菜畦，葱蒨饱时雨。

芥孙莱菔儿，当阶纷可数。

午枕梦羲皇，夜灯话儿女。

几忘葛藟依，俨为松菊主。

---

①舞雩台：台名，在今曲阜城。原名祭坛，后改今名，是古代祭天祷雨的地方台。

闭门谢人事，阒寂似太占。

不知尘世中，抢攘盛豺虎。

肥遁无所疑，宛若土室处。

龙蛇以存身，甘与尺蠖伍。

蛰训伏与藏，适堪表吾圃。

锡之以嘉名，若字曰某圃。

不同独乐园，亦异藏春坞。

朝吟归来辞，暮诵盘谷序。

真意惟独和^①，难共外人语。

顾我寄宾萌，尺地非吾土。

名当从主人，胡乃欲自予。

譬如丁岁寒，百虫欵咸俯。

试问所蛰地，谁^②各有乡部。

俯仰霄壤间，万物皆逆旅。

物我既可齐，得失何必楚。

故纸堆可埋，新蔬美可茹。

相期隐墙东，永作白云侣。

不望惊春雷，轩然再霞举。

①和：诗存、诗稿作"知"。
②谁：诗存、诗稿作"讵"。

乞刘幼云①书蛰圃额

潜楼高峙海东滨，蛰圃卑栖泮水漘。
千里与君远相望，天涯咫尺即比邻。

一幅藤笺远寄将，借君椽笔重琳琅。
梅花驿使何时到，蓬荜辉辉发异光。

园居即事

碍眉妨帽一书轩，匏熟蔬肥二亩园。
屋角枝低②蛛影荡，邻墙③树密④鸟声喧。
绕畦径曲便行饭，当户场宽好负暄。
举世风尘从扰攘，闭门且号小桃源。

①刘幼云：刘廷琛。
②低：诗存作"萦"。
③邻墙：诗存中作"墙邻"。
④树密：诗存作"争树"。

唐元素①得国初乔石林②、米紫来③等二十余人合画山水长卷属题

璧合珠联百衲琴，国初诸老有遗音。

而今剩水残山影，太息惟从画里寻。

题汪季眉柳下携锄小影

汪伦一水望衡居，潭水交情画不如。

何日归来疏柳下，与君画里共携锄。

---

①唐元素：唐晏（1857—1920），字元素，瓜尔佳氏，原名震钧，字在廷，号恽庵。满洲镶红旗人，民国后改名。清光绪八年（1882）举人。官甘泉知县，迁陕西道员。庚子后任江苏江都知县，清宣统二年（1910）执教于京师大学堂。不久任江宁八旗学堂总办。著有《天咫偶闻》《渤海国志》《海上嘉月楼诗稿》《涉江词》等。

②乔石林：乔莱（1642—1694），字子静，号石林，江苏宝应人。清康熙六年（1667）进士，授内阁中书。十八年（1679）荐博学鸿词，改翰林院编修，累迁侍读。后因陈水利事遭罢官。著有《乔氏易俟》。

③米紫来：米汉雯，字紫来，号秀岩，宛平（今属北京）人。清顺治十八年（1661）进士，清康熙十八年（1679）举博学鸿词，授翰林院编修，官至侍讲学士。工诗词，善书画，有《始存词》传世。

题曹君直①晋佛龛图

曹君得敦煌石室所出刊板佛像一纸，为毗沙门天王像，题开运四年丁未七月，沙州节度曹元忠刊，与君直姓名皆同，因绘此图征题。

名姓先留祇树林，岂因慕蔺出成心。
人天自有因缘在，一片孤忠照古今。

日归暂咏

侨居阙里，忽忽经年，时局多虞，未能即作归计，而眷怀闾井，莫释于中，乃暂作南归，一为省视，于十月附津浦火车至浦口渡江，易沪宁火车至上海，小作盘桓，复附沪杭火车至嘉兴，易舟归桐乡，家居兼旬。中间至杭州一行，归后又至苏州扫墓，即自苏北上，经金陵留一日，仍自铁路而返，于十一月杪抵曲阜。往返五旬，感旧伤今，得诗三十首，颜之曰《日归暂咏》，列之《东归诸咏》之次，聊写我怀。②

一别南天世局新，越山吴树梦中亲。
乡园松菊相疏久，暂咏归与作主人。

云车还比峡舟轻，千里江乡一日程。
更喜渡江不用楫，飙轮送到石头城。

---

①曹君直：曹元忠，见第103页。
②《归来吟》署有"乙卯十二月"。

半夕飞辖电影驰，晓来已到沪江湄。

故人道左方延伫，夙约差欣未爽期。　章一山先相约如期，

迓于车次。

蜃市楼台又眼中，夕阳不是旧时红。

筝琶偏入伤心耳，凄绝山阳笛里风。

旧雨相逢泪满襟，庾郎哀赋共悲吟。

宾萌都托他人宇，持①比新亭感更深。　遇旧交为海上遗民者

多人。

砚田岁稔墨池香，谁识孤松独耐霜。

不待笼鹅换经去，右军自作道人装。　李梅庵②布政道装卖

字为生。

示我当筵两忽雷，刘郎古意抱琼瑰。

摩挲别动兴亡感，曾奏唐宫法曲来。　刘聚卿③参议出示大

小两忽雷，唐宫乐器也。

十日平原饮罢行，八公草木又成兵。

扁舟我已烟波去，未共淞滨听战声。　留沪旬余，甫行三日

即有肇和兵轮④之变。

---

①持：归来吟作"应"。

②李梅庵：李瑞清（1867—1920），江西临川（今抚州）人，字仲麟，号梅庵、梅痴、阿梅，
晚号清道人。清光绪二十一年（1895）进士，历任两江师范学堂监督兼江宁提学使、江苏
布政使等职。辛亥革命后寓上海鬻书自给。辑有《清道人遗集》《左氏问难》《春秋大事表》
《历代帝王年表》《和陶诗》等。

③刘聚卿：刘世珩（1875—1926），字聚卿，一字葱石。安徽贵池人。清光绪二十年（1894）
举人。历任度支部右参议、湖北造纸厂总办、直隶财政正监理。1911年升补左参议，兼管
湖北造纸厂。辑有《聚学轩丛书》《贵池先哲遗书》等。

④肇和兵轮：1915年12月5日，肇和号巡洋舰起义讨袁。

果摇双桨过双桥，乡树濛濛望里遥。

稚子侯门多不识，门前流水尚迢迢。　前岁作《东归剩咏》
有"恍摇双桨过双桥"之句。

庭柯径草宛相迎，水槛风廊尽有情。

认取宵来楼上月，照人依旧玉壶清。

童孙花下手重携，可惜庭梅著未齐。

吟罢相思往时句，凭肩一笑雪髯低。　昔寄元裳孙诗有"报
道庭梅放已齐"及"几时花下手重携"之句。

插架缥缃列百城，故交重见眼逾明。

呼儿日日同料检，聊慰频年远别情。

记构茅亭小圃西，再来剩址在荒蹊。

只余手种垂垂柳，一丈长条拂菜畦。

落落晨星旧识稀，黄公垆畔昔游非。

市楼煮茗人三两，共数前尘话落晖。

庙市喧喧闹晚风，别寻古寺①小溪东。

寺门双塔惊非故，只影孤撑暮霭中。　凤鸣寺双塔，圮其一。

又向钱塘访旧游，何期郭李更同舟。

今番真泛西泠艇，不负松风雪一瓯。　昔谢金谨斋寄龙井②茶
诗有"何时重泛西泠艇，对坐松风雪一瓯"之句，今游杭州，与金氏昆玉同游西湖。

---

　　①古寺：指桐乡凤鸣寺，位于桐乡县城，始建于后周广顺二年（952），原名惠云寺。
号称"桐溪第一山"。1998年移址新建。
　　②龙井：《归来吟》作"新"。

崇墉百雉荡然平，水色山光入市清。

自古西湖比西子，谁知一顾竟倾城。　自钱塘至涌金门，沿湖城垣皆拆去。

吴山寂寞少人行，无复喧阗士女盈。

第一峰头聊纵目，江涛还作不平鸣。

归来六琯正飞葭，又指齐烟客路赊。

笑我蓬踪翻有定，椒盘岁岁总天涯。　冬至日北行。

蟹溆鲈乡梦影存，推蓬指点旧波痕。

近过三塔湾前路，遥认姚家又一村。

落帆亭畔落帆时，计得归舟旧咏诗。

十五年来陵谷变，园林重到倍凄其。　庚子南归，作《归舟续咏》有"落帆亭畔落帆时"之句，今又泊舟落帆亭畔，登临凭吊，感慨系之。

尹山桥①又日辉桥②，七子灵岩黛色遥。

一转穹窿山下路，灵风猎猎伍胥潮。　扫墓于木渎胥口。

寒泉一盏荐鸡豚，远近楸梧拜墓门。

太息连冈先泽在，丝纶都荷旧朝恩。

小泊吴阊听棹歌，吟朋招我泛晴波。

赓诗特践年时约，洄溯山塘七里河。　上年和曹君直诗有"几时一舸吴阊去，共泛山塘七里河"之句。君直拏舟来邀，共游虎丘，言践前诗之约也。

---

①尹山桥：位于苏州，建于明天顺六年（1462），单孔石拱桥，1979年拆除。
②日辉桥：一作日晖桥，位于苏州木渎，跨夏驾河。

李公祠宇尚殷墟，翠柏森森未改初。

差胜之江诸将帅，鹊巢多已被鸠居。　李文忠祠[1]在山塘，尚

无恙。西湖诸专祠则改祀革命死者居多。

江表回车日未昏，凄凉丰润有新门。

经过莫止西州泪，碧血难招蜀道魂。　金陵丰润门为端忠敏[2]

修铁路时所辟。

桃叶依然古渡头，板桥衰柳不胜愁。

无情谁似秦淮水，阅尽沧桑一样流。

还循辙迹问归程，夹道戈铤耀日明。

午夜停辀霜似雪，荒凉野店梦唯成。

鞭影摇摇薄笨车，衡茅已近任徐徐。

入门寒菜盈畴在，蛰圃今真可蛰居。　颜所居曰"蛰圃"。

大地茫茫遍劫尘，桃源何处可逃秦。

聊将洙泗[3]为箕颍[4]，不仰巢由仰圣人。

---

①李文忠祠：祀李鸿章专祠。

②端忠敏：端方（1861—1911），字午桥，号陶斋，托忒克氏，满洲正白旗人。清光绪八年（1882）举人，曾任湖北巡抚、江苏巡抚、两江总督兼南洋通商大臣、直隶总督兼北洋大臣等。卒后赠太子太保，谥忠敏。

③洙泗：指洙水和泗水，代指山东。

④箕颍：箕山和颍水。

咏史 丙辰

帝位徐从假变真，颂声卅万一时新。
惭①台犹道天生德，强项终殊阉茸人。

当涂高势已凌云，犹托周家服事殷。
毕世不居炉火上，胜他公路冒符文。

帝业煌煌启大唐，鲤鱼飞跃上青苍。
一朝贬号江南主，回首应羞见让皇。

慢幸残疆保石头，无何违命且封侯。
他年还有牵机药，梦里贪欢未是休。

---

①惭：诗存、诗稿作"渐"。

题唐拓武梁祠画象寄李一山表侄于都门

黄秋庵①先生，李氏外曾王母之尊人也。藏有唐拓武梁祠画像，身后归于李氏，年久不知所在。潘文勤②端忠敏③力访求之不可得。一山表侄今得于都门，绘图④志幸，书来征题，赋此寄之。

秋庵先生之江英，乾嘉盛世官任城。

先生外孙我外祖⑤，贻留翰墨盈缣缯。

沧桑荣悴几变灭，飘摇散佚随蓬萍。

子于外孙属五世，倜傥汗血千里腾。

昔年海上印遗稿，吉光宝气辉东瀛。

竭来物色武祠象，李唐旧拓垂千龄。

一朝神物忽出世，不啻茧纸来兰亭。

书来报我诧奇遇，暴富如获金满籝。

绘图设景鸣得意，古欢历写胸中情。

讯碑访碑尚未得，曙光一线方微明。

得碑此际最称快，仿佛赵璧还秦庭。

---

①黄秋庵：黄易（1744—1802），字大易、大业，号小松、秋庵，别署秋景庵主等。浙江仁和（今杭州）人，监生。因长于河防，官山东兖州府济宁运河同知。为"西泠八家"之一。著有《小蓬莱阁金石文字》《小蓬莱阁集》《秋景庵主印谱》等。

②潘文勤：潘祖荫（1830—1890），字东镛，一字伯寅，小字凤笙，号郑庵，江苏吴县（今苏州）人。清咸丰二年（1852）探花，授翰林院编修。累迁侍读学士，除大理寺少卿，升至军机大臣、尚书、太子少保，谥号文勤。刻有《滂喜斋丛书》等，著有《攀古楼彝器款识》《文勤日记》等。

③端忠敏：即端方。见第118页。

④绘图：诗稿为绘碑访碑得碑勘碑绕碑图。

⑤外祖：沈涛（1792—1861），原名尔政，字西雍，号匏庐，嘉兴人，系劳乃宣外公。清嘉庆十五年（1810）举人，历官江西道员，功授福建兴泉永道，改发江苏，病死泰州。著有《论语孔注辨伪》《常山贞石志》《柴辟亭诗集》《交翠轩笔记》等。

勘碑兢兢不敢慢，罗列典籍详稽评。

观碑读碑恣欣赏，坐卧碑下十日程①。

此碑宋元已沦没，毡椎久不闻登登。

清乾隆丙午始出土，先生亲与开泉扃。

海内夙传此孤本，嫏嬛妙品珍瑶琼。

荆川小印竹垞②跋，初白查浦③埙篪鸣。

辗转马氏与汪氏④，雪礓⑤遗命归先生。

苏斋⑥赋诗韵流简，山舟⑦题记书藏棱。

又数十年清道光季，顾祠修禊⑧群贤并。

道州平定各有作，考订翔实摘词精。

自从此后遽湮晦，丰城莫觅光晶莹。

滂喜斋⑨头待插架，宝华庵⑩里期充楹。

------

①此八句诗仅见诗稿中。

②竹垞：朱彝尊（1629—1709），别号竹垞，浙江秀水（今嘉兴）人。清初词人、学者、藏书家。

③初白查浦：查慎行（1650—1727），初名嗣琏，字夏重，后更今名，字悔余，号初白，浙江海宁人。清康熙四十二年（1703）进士，官翰林院编修。有《敬业堂集》等。

④马氏与汪氏：指扬州藏书家马曰琯、马曰璐之玲珑山馆和杭州藏书家汪启淑之开万堂藏书楼。

⑤雪礓：汪焘（1727—1787），字中也，号雪礓。江苏扬州人。善山水仿倪，尤精金石学。

⑥苏斋：翁方纲（1733—1818），字正三，一字忠叙，号覃溪，晚号苏斋。直隶大兴（今北京）人，清乾隆十七年（1752）进士，授编修。官至内阁学士。著有《粤东金石略》《苏米斋兰亭考》《复初斋诗文集》《小石帆亭著录》等。

⑦山舟：梁同书（1723—1815），字元颖，号山舟，晚号不翁、石翁，钱塘（今杭州）人。清乾隆十二年（1747）举人，十七年（1752）特赐进士，官至翰林院侍讲。著有《频罗庵遗集》等。

⑧顾祠修禊：指清道光二十七年（1847）吴俊绘图。咸丰、同治年间有名家以同名画再作。顾祠为纪念顾炎武而于北京慈仁寺西北隅所建专祠。

⑨滂喜斋：系潘祖荫建于苏州的藏书楼。

⑩宝华庵：系端方所建书斋之堂号。

潜搜重购末由见，巧偷豪夺无从争。

岂知陵谷变迁后，墨缘依旧归弥甥。

皇煌帝谥已磨灭，独留四孝存典型。

始识诚孝贯天地，万劫不坏长峥嵘。　原本有帝王十人、孝
子四人，今但曾、闵、莱、兰四幅完好，余皆损坏。

子之得此信非偶，中有至性通神明。

外家手泽获永宝，继志述事绳高曾。

不徒收藏号媚古，远与欧赵争微名。

缅维先生服官日，熙朝圣治方隆平。

衙斋无事清昼永，吉金乐石开缄縢。

翠墨摩挲发光怪，奇踪散走夸友朋。

孰意今当百岁后，胜迹过眼如风灯。

铜驼竟见卧荆棘，石渠宝笈时飘零。

想子国门手此卷，慨吟彼黍悲周京。

我昨游杭又游济，先生遗迹多沉冥。

南池惟咏白露白，西湖但见青山青。

乍闻延津出沉剑，兴亡感益生怦怦。

题诗遥付塞鸿去，露盘泪共仙人倾。

古诗为张氏二烈女作

娟娟姊妹花，矫矫女贞木。

姊妹化女贞，足拒雪霜酷。

阿爷挽车出，阿母执麻丝。

姊妹佐阿母，刀尺常依依。

阿爷赤手还，车已不翼飞。

生计复何恃，相对泣牛衣。

款门依何人，慰问良殷殷。

君有双明珠，胡乃苦言贫。

东家大富①贾，家有黄金屋。

郎君方髫年，待种蓝田玉。

君如愿相依②，我堪为蹇修。

丝萝得相附，区区奚足忧。

阿爷欣然诺，斧柯便相托。

草草冰上言，遽中画屏雀。

彼苍胡不吊，椿荫猝摧残。

茕茕孤与寡，茹檗含辛酸。

行野歌其樗，昏姻就尔居。

谁知金屋外，别有齐女闾。

粉黛列屋居，蛾眉斗纤巧。

妙舞态轻盈，清歌韵缥缈。

阿母知不谐，去去亟旋返。

阿妹随母归，阿姊留不遣。

朝强曼声歌，夕迫按节舞。

---

① 富：诗存、诗稿作"腹"。

② 依：诗存、诗稿作"攸"。

教令敢不从，鞭扑不贷汝。

我本清波莲，誓不染污泥。

皎皎冰雪质，鞭扑任尔施。

庶女一呼天，九天云峨峨。

邻里咸不平，游徼来谁何。

共拔阿姊归，人人竟称快。

母女相持啼，悲喜出望外。

岂知鬼蜮技，诪张幻不穷。

诡证速我讼，雀鼠穿屋墉。

法庭何巍巍，独立莫与侪。

律师何聒聒，险肤逞辩才。

堂上偏单辞，判定山莫摇。

堂下不容喙，匹妇惟号咷。

号咷更何言，覆盆难问天。

掌珠被夺日，母拼一命捐。

含悲呼阿母，阿母当三思。

母若为女死，弱弟将依谁。

儿女①自有计，阿母毋危疑。

女身洁如玉，决不任磷缁。

岁月去堂堂，三星已在户。

百两御有期，无复可容与。

寂寂三更后，阴房鬼火青。

磷本鬼火质，送儿归幽冥。

阿姊先骖鸾，阿妹继跨鹤。

双双携手行，同升天极乐。

不独完其贞，且以全其孝。

---

①儿女：诗存、诗稿作"女儿"。

一暝成千秋，日星共辉耀。

借问此双烈，出自谁氏闺。

遥遥清河胄，名门属南皮。

我忝旧令尹，亦与有荣施。①

煌煌国四维，举世目无睹。

凛然大节存，乃在白屋女。

足知造物仁，人心终不死。

免俾长乐老，独此秽青史。

桃李萎谢尽，乃见孤松苍。

莍菰盈庭除，不掩幽兰芳。

勖哉须眉俦，鉴之慎勿忘。②

附张二烈女事略

二烈女者，同胞姊妹也，姓张氏，长曰"立"，次曰"春"。世居南皮县偏坡营，祖治安，以贸易来天津，父绍廷，清光绪末年负贩涿良间，折阅挽车沽上，母金氏治女红，以佐之父所固赁之人者。一日在市，失其车，贫无以偿，与母相对泣，而二烈女之祸自此始矣。戴富有者，素以蓄妓为业，布党羽专诱良家子女。其党王宝山旧与绍廷稔，至是忽诣绍廷，慰问周至，且代为之策曰"徒泣无益，若以两女字人，得聘金事可纾"。因言戴业贾，家中人赀，其长子与汝次女年相若，盍以汝女字之，绍廷故仆愿。初不知戴信王言，以次许戴氏长子，时清宣统庚戌年也。癸丑三月，绍廷卒。金率女以缝纫为生，王宝山乘间谓母曰：绍廷尝与戴饮，已于杯酒间，以二女均字戴氏矣。金以绍廷在日未尝以长女字戴，谓谰言，不揩意。十二月，戴遣其妻马氏来言，孤寡无依，戚谊不忍漠视，因邀与同居，金以其意善，遂携子女主于其家居，久之，知戴

①诗稿在此句后有："若在圣明代，绰楔高旌门。噫嘻今何时，此义谁复论。"
②诗稿后有："作歌念来兹，讴此百世芳。"

所执业已中悔，马氏又劝金再醮，并令二女习歌唱，金始悟前此皆为戴所绐，
亟图别居。甲寅三月，僦居屋千福寺。戴强留长烈女，不遣，金荏弱不能与争，
初四日，挈次烈女及三子先行。嗣数往迎长烈女，戴终不听而陵逼万端，长烈
女誓死不屈，十九日，金复往马氏，批其颊并喝众殴逐。戴之留长烈女也，邻
右时闻诟谇号哭声，已不直之至，是众咸愤，鸣诸警察，事得直，金乃率长烈
女归。戴反以金悔婚控于地方审判厅，厅判以次烈女归戴次子，已与原议刺谬，
而戴犹未餍，复控于高等厅，匿其原订婚书，伪造两书，捏称二烈女字其二子，
嗾王宝山等为证，厅遽判二烈女均归戴，而于戴设计诱骗及陵逼长烈女事，悉
置不问。戴既得计，丙辰三月，王宝山传语，将订期迎娶，不从必无幸。金讼
既不得直，无力更呈，控谓女曰：事急矣，至时吾与之并命。二烈女曰：父亡
弟幼，设母有不幸，谁抚诸弟，是重女罪也。女等有以自处，母勿以为念。是
月十六夜，二烈女乘母寝，取火柴磷毒服之。十七日，日过午，长烈女毒先发，
邻右救治不及而卒。则持药急疗次烈女，且曰：无苦，吾等在，必不听汝入戴
家。次烈女曰：诚感厚意，然事非公等所挽回，吾姊妹当判定时，此志决，吾
纵能免辱，必不负姊以独生。邻众苦劝，金复促之。次烈女重违母命，饮药，
然亦卒不救。时长烈女年十七，次烈女年十四也。烈女于愿为族祖姑，谨述其
崖略如此。（张愿）

祝关息侯^①母夫人七十寿

蔼蔼南云望故乡，梦花馆畔玳筵张。

风和北㟤萱枝茂，月满西湖艾酒香。

陟岵不闻行役叹，倚闾正是教忠方。

会看捧起虞渊日，归著莱衣补奉觞。

题刘伯绅双松一石第二图

帝京大学多名流，襟期我最倾二刘。

潜公^②高骞洁比鹤，伯子^③沈雄气食牛。

我领皋比已晚季，无何禾黍歌宗周。

落落朋侪散如雨，远遁海曲栖山陬。

涞浸之涯釜山麓，我荷犁锄叱黄犊。

归耕为我写作图，笔底烟云满丘壑。

潜楼高筑东瀛滨，藏书万卷避^④秦焚。

登楼纵目渤澥远，葵心倾向扶桑暾。

君有良田卫源右，客怀遥念桑麻茂。

记将归思寄丹青，小咏我曾赓麦秀。

远人为我开经帷，二劳我亦吟曰归。

时上潜楼借书读，一编相对忘居夷。

沧海群龙忽酣战，桃花源亦惊鼓鼙。

武城寇至束书去，鲁王宫畔营茅茨。

---

①关息侯：见第 8 页。

②潜公：刘廷深。

③伯子：刘伯绅。

④避：诗存、诗稿作"逃"。

三径秋风吹瑟瑟，二子联镳叩蓬荜。

君独携图索新句，一石双松森秀骨。

别来岁月驰白驹，相思时寄云中书。

昨日书来清兴发，又倩重题第二图。

图中景物书中道，峻岭清泉出云表。

崇楼签轴古香多，虚斋瓶砚几尘少。

松间石上一局棋，旁观当局俱忘机。

相视而笑心莫逆，黑白收罢何成亏。

惟有农事不可迟，催耕布谷当春啼。

南亩辛勤效沮溺，西山枯槁惭夷齐。

扁舟一叶沿清溪，船头耒耜何累累。

问君载此将何之，百泉泉上归来兮。

吁嗟乎，人生所贵心相知，讵必朝夕恒追随。

与君画里长相见，便是天涯聚首时。

图中松石还如旧，一拳静对双株瘦。

莫忘三友去年诗，岁寒共勉千秋后。

曹君直①侍读太夫人八十寿辰拜

御笔"修龄锡福"匾额及福寿字之赐，君直以锡福名其堂，征诗赋赠。
丁巳

谯国有寿母，圣善三党钦。

令子直凤池，芝诰荣泥金。

尧城遭奇变，拂袖抽朝簪。

善养胜禄养，偕隐西山岑。

介眉庆大耋，康爵跻堂斟。

宸翰挥仙毫，忽从天上临。

修龄茂松柏，锡福嘉壬林。

云汉倬垂露，奎璧昭悬针。

孤臣再拜寿，霈泽沦肌深。

敬以名其堂，奕代垂德音。

书来语同调，百感萦吾襟。

忆昨拜鼎湖，少尽攀髯心。

睿藻亦下赍，至今珍璆琳。　乃宣癸丑岁以崇陵奉安诣
叩，奉有御笔"迪吉迎祥"四字之赐。

吾侪伏草莽，阊阖高千寻。

异数莫由报，何以摅微忱。

缅昔西周乱，日驭虞渊沉。

纪年号共和，潜龙蛰蹄涔。

一朝共和罢，龙起行甘霖。

语谶既合古，焉知不见今。

与君共虔祝，帝鉴其来韵。

---

①曹君直：曹元忠，见第103页。

题陈重远①励刚家塾

掷砚洲边万物春，美哉轮奂一时新。

不徒堂构承先志，还以诗书启后人。

惟孝亦为施有政，知刚乃见性之真。

但将无欲传家学，会卜云仍百世循。

题商云汀②寒灯听雨楼图

坡公四海一子由③，古今友爱谁与俦。

悠悠千载流风远，又见寒灯听雨楼。

高楼东望扶桑日，行人西送虞渊没。

万里沧溟作壮游，岁月抛人去飘忽。

我昔登楼共君语，君道频年别离苦。

何日行人万里归，楼头同话巴山雨。

无端龙战扬海尘，灵光址畔重结邻。

丹青示我倪迂④笔，淋漓水墨迷烟云。

方欲题诗书纸尾，飞辀报道归来矣。

入门一笑红颊温，两翁如鹄于菟喜。

唱予和汝埙篪鸣，寒厨藜藿等大烹。

---

①陈重远：陈焕章（1881—1933），字重远，广东高要（今肇庆）人。清光绪二十九年（1903）举人，次年进士，官内阁中书。清光绪三十三年（1907）入美国哥伦比亚大学学习，获博士学位。民国后建孔教会，任主干事。后定居香港。著有《孔门理财学》《孔教经世法》等。

②商云汀：商衍瀛。见第107页。

③子由：苏辙，字子由。苏东坡之弟。

④倪迂：倪瓒（1306或1301—1374），元末明初画家。因好洁而迂僻，人称"倪迂"。

中宵长枕闻萧瑟，不是孤灯往日声。

无待伊川买修竹，海滨自有机云屋。

会看兵气扫欃枪，相将返种篱边菊。

浮云富贵胡为乎，对床旧约未可辜。

知君不爱高官职，应胜邻家双隐图。

题曹东寅①南园卜居图

柴门闭处听潺湲，想像承平纵棹园。

但使此中忘汉魏，何妨城市当桃源。

大学曾惭履后尘，又随辙迹到胶滨。

环溪一片空明镜，可惜图中莫结邻。

昨从驿使寄灵芽，点缀幽居富贵花。

待到花开倾酒赏，好吟佳句报天涯。 近代寄所买曹州牡丹栽。

---

①曹东寅：曹广权（1861—1924），字东寅，湖南长沙人。清光绪四年（1878）举人，任河南淇县知县、禹州知州、四品京堂、礼部参议、典礼学院士。后辞职归乡。著有《植楮说》《明论通义》等。

甲寅岁，因余《共和正解》之作，报章绘有"劳而无功"之画，余曾作一律。今报章又称余入都叩贺万寿，奏请与德国联姻，以图复辟。复画一人伏案而睡，梦西国帝者，抱冲人而坐已，补服立于旁，案有一纸书"复辟"二字，题曰"徒劳梦想"，而"徒"字双钩。前岁之事，诚属有因，今则纯出虚构。余固伏处阙里，未出一步也，而见谤适以见重，则如出一辙，再赋一律以志之

入林猿鹤久沉冥，闾阖高寒梦莫经。

岂意孤踪违魏阙，翻从画本见秦庭。

譝言构出空中想，幻影摹来物外形。

屡累讥弹严斧钺，我终华衮谢丹青。

题吴孟举①先生黄叶村庄种菜图

先生名之振，石门人，国初以贡授中书不仕，隐居以终，其裔孙芗研②太守属题。

村树畦蔬一望清，耕田凿井圣人氓。

披图想见唐虞世，颍水箕山共太平。

---

①吴孟举：吴之振（1640—1717），字孟举，号橙斋，晚号黄叶老人。浙江崇德县（今桐乡）人，清初诗人。以赀为内阁中书科中书，不赴。与吕留良等合编《宋诗钞》。著有《黄叶村庄诗文集》。

②芗研：吴炳元（1885—1962），号湘研，又号芗研、香严，浙江崇德县（今属桐乡市）人。善画，吴待秋叔父。

咫尺青溪①接语溪②，一湾流水判东西。

几时双桨鸥乡去，黄叶萧萧访旧蹊。

我亦携锄斸藓痕，灵光址畔闭柴门。

饱尝薇蕨伤心味，羡煞清时咬菜根。

祝陈弢庵③太保七十双寿

羲轮沉虞渊，六合翳尘雾。

独有捧日人，永执耀灵驭。

追随到蒙谷，不自顾迟暮。

问年届悬车，致身不忍去。

耿耿忘躯诚，謇謇匪躬故。

朝有引年礼，授几赐杖鸠。

室有齐眉侣，翟茀偕白头。

桃花西池开，春添王母筹。

菊水南阳芳，悬弧当素秋。

莱衣竞起舞，福履骈箕畴。

孰知寸草心，惓惓惟灵修。

尧城方在疚，孤怀耿隐忧④。

嗟我揽揆辰，与君同月日。

乃我偏数奇，未得步君辙。

---

①青溪：指桐乡县青镇（今乌镇），劳乃宣籍贯地。
②语溪：水名，位于浙江崇德县（即石门县，今属桐乡市）县城东，常以语溪代指该县。
③陈弢庵：陈宝琛。见第55页。
④此句在诗存、诗稿中作"莫易孤怀忧"。

君尝亲帷幄，我独远魏阙。

君对孟光案，我咏义山瑟。

回忆五岁前，颓年亦七秩。

独共楼亭樵①，临箦挽萝葛。

憔悴徒行吟，安望与君匹。

惟此葵藿哀，同抱硁硁节。

侧闻平陂运，往复数有常。

天留遗臣靡，正以佐少康。

指顾鲁阳戈，回日宣重光。

桓文布大义，薄海皆尊王。

伫见日再中，吉语符重阳。

斯时寿筵启，酒献茱萸香。

宸翰下九重，云汉昭天章。

盈庭尽黼黼，称祝齐跄跄。

我当扶筇来，捧袂跻华堂。

君应开口笑，为我醼一觞。

---

①楼亭樵：即徐坊，见第50页。

题陈喆甫①黔山探矿图

万叠苍山宝藏深，金银气共白云沉。
幽人只作清游看，写入溪藤助苦吟。

谷变陵摧一刹那，不堪举目旧山河。
披图共洒铜仙泪，更比新亭感慨多。

<hr>

①陈喆甫：陈明远（？—1920），字喆甫，一作哲甫、哲父，号铕翁，浙江海宁（一作海盐）人。廪贡生。以道员候补广东，曾随徐承祖、黎庶昌充驻日本使馆参赞六年，又督办黔南矿务。工诗文，善书法。卒于上海。辑有《红叶馆话别图诗》。

丁巳夏自曲阜返青岛，录
所作为《劳山后草》。

劳山后草

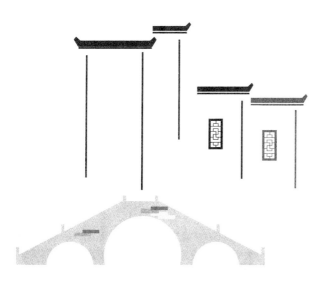

题青岛新居

海色沧茫外，还疑别一村。

窗虚山作画，林密树为门。

宴坐时忘我，携行或弄孙。

不知寰宇内，万里战云昏。

题刘伯绅五松一石第二图

伯绅前以平生服膺者五人为松，而自为石，绘图寄意。余与刘潜楼皆预其列，曾题一诗，寻有改柯易叶者，乃以吴钝斋[①]、张渊静[②]、柯凤孙[③]易之，而余二人仍旧，别作此图，索题再作此篇。

君昔作图征我歌，贞松介石同峨峨。

滔滔岁月驹隙过，石犹不转松改柯。

重作新图事涌被，赫然弃取无偏颇。

---

①吴钝斋：即吴蔚若。见第 106 页。

②张渊静：张曾敭。见第 52 页。

③柯凤孙：柯劭忞（1850—1933），字凤孙，一作凤荪、凤笙，号蓼园。山东胶州人。清光绪十二年（1886）进士，授编修，历官翰林院侍读、国子监司业、湖南学政、贵州提学使、京师大学堂总监督。民国后任参政院参政。1914 年任清史馆馆长。著有《春秋谷梁传补注》《新元史》《蓼园诗钞》。

姑苏侍郎①罢枢轴，斧柯莫假徒奈何。

南皮中丞②起乌府，华胥梦醒一刹那。

胶州学士③抱野史，穷年矻矻铁砚磨。

诸公各秉岁寒节，霜欺雪虐心靡他。

铜枝铁干有本性，入君图画颜无酡。

幸哉潜楼与蛰圃，未遭芟薙荣殊多。

惟惭薄植老且朽，微星奚敢侪羲娥。

吁嗟乎，大地茫茫④皆群魔，但见荆棘眠铜驼。

松高石洁更何用，只堪肥遁栖烟萝。

我有一说偏殊科，平陂往复理不讹。

会看再挥返日戈，春回九宇胥阳和。

栋梁上负廊庙重，砥柱下障东逝波。

松心石骨各有任，岂能风月还婆娑。

独有拥肿与卷曲，不中绳墨匠所诃。

无何有乡广莫野，逍遥容我终岩阿。

---

① 姑苏侍郎：指吴郁生。

② 南皮中丞：指张曾敭。

③ 胶州学士：指柯凤孙。

④ 大地茫茫：诗存、诗稿作"茫茫大地"。

东归复咏

蛰居阙里，荏苒三秋，时局纷拏，变生莫测，流离琐尾又返岛隅。尉君见假屋舍，居家重理讲经旧业，抚今追昔，感事成吟，题曰《东归复咏》。①

栖迟蛰圃送年华，柳自垂条菊自花。
闭户不知何岁月，几忘魏晋属谁家。

传来消息帝京尘，名士文章共美新。
四十万人齐颂德，飞龙坐看假成真。

南郡兵兴势大张，平林新市又披猖。
巨君未见持威斗，公路先闻叹簧床。

羿弓方彀遽沉沦，一旅疑应起邑纶。
谁道嫦娥奔月后，入宫还有荡舟人。

东塾鸿文本孟坚，汉家长白有山川。
聊申绪论排群喙，付与知音好共传。 陈东塾②有《说长白山篇》，据《汉书》考得满洲本汉地，余作书后一篇，以破时人种族之论。

投骨狺狺众吠争，四方兵气动欃枪。
未知逐鹿中原辈，谁称葵邱③作主盟。

---

①手稿署"丁巳九月"。
②陈东塾：陈澧（1810—1882），字兰甫，号东塾，广东番禺人。祖籍浙江绍兴。清道光十二年（1832）举人，受聘为学海堂学长、菊坡精舍山长等。著有《东塾读书记》《汉儒通义》《声律通考》等。
③葵邱：即葵丘，今河南商丘民权县。春秋时齐桓公与诸侯在此结盟。

乍传日返鲁阳戈，温诏如纶下玉坡。
不独羁孤先感泣，还闻陇亩起①讴歌。

秋官新命降天阊，任重何堪两鬓霜。
惟有头衔差足幸，远攀白傅近渔洋。　简授法部尚书，以衰
老乞休。白乐天、王渔洋皆以刑部尚书致仕。②

正欲轻轺拜紫阊，华胥一梦忽无痕。
贤侯报我刊章下，未遽操兵竟列门。

茫茫何处望门投，惟向沧溟问昔游。
几叠苍山波万顷，重来应识旧沙鸥。

贤侯报我刊章下，还向沧溟问昔游。
几叠苍山幽万顷，重来应识旧沙鸥。③

故人把臂笑言温，指点残灰劫后痕。
割与幽居山一角，万松深处别开门。

三弓小院点苍苔，数仞高楼俯绿槐。
楼上虚窗开几面，海山分路送青来。

蒿莱一径傍楼阴，补植疏篱接茂林。
篱下新畦开几陇，菜根滋味待春深。

---

①起：手稿及诗存均作"众"。
②该自注在诗存、稿本中现。此诗后两首见于手稿及诗存中。
③此诗在手稿及诗存中均未见，疑由上一首诗改。

海滨旧雨剩晨星，举目山河涕共零。
且启清樽浇磊块，停杯同对万峰青。

研朱滴露小窗深，讲易朝朝写素襟。
说到忘言忘象处，风清月白见天心。

窗前儿女话融融，花外雏孙戏晚风。
水色山光环远近，一家都在画图中。

丹青几度见嘲嗤，华衮荣曾谢画师。
今日流离获清福，更应瓜蔓谢相施。　前以争刑律辩共和，报章屡以图画相讥。余有"画师谢尔笔如刀"及"我终华衮谢丹青"之句。①

劳山归去记曾图，不比漂萍泛五湖。
此度再来缘不浅，便当高②卧故山隅。　前初至青岛曾画劳山归去来图。

───────────────

①该自注在诗存、手稿中现。
②高：诗存作"常"。

陈弢庵七十生日未克践前诗跻堂之约，再寄一律

涣汗新纶禹甸驰，方欣克践祝鳌词。

谁知菊径樽开候，已是华胥梦醒时。

捧日输君终恋阙，栖岩嗟我又居夷。

还期来岁黄花发，簪绂趋朝再奉厄。

和黄石孙^①自青州寄怀元韵

放眼沧冥外，都忘浊世名。

平心逋播幸，素位死生轻。

公论千秋在，孤怀一意行。

穷愁著书者^②，岂必效虞卿^③。

良朋客邻郡，岁暮念山居。

下贲色丝句，相思尺素书。

悲风鸣渤澥，残雪冱阶除。

早晚天心复，春回旧朔余。

---

①黄石孙：黄曾源，字石孙，号立午，别号槐瘿。汉军正黄旗人，生于福建长乐。清光绪十六年（1890）进士，授编修，任监察御史，后出守徽州、青州、济南府，著有《石孙诗稿》。

②著书者：诗存、诗稿作"书乃著"。

③虞卿：指虞信，战国时邯郸人，长于谋略。著有《虞氏春秋》等。

毓清臣①自涞水寄诗见怀，并以随祭崇陵馂余饼饵相赠，依韵酬和

贶我新诗荜窦光，旧游回首欲沾裳。

沧溟逝水东流急，鬴麓寒云北望长。

梅驿远颁胞翟惠，桥山想见骏奔忙。

攀髯拜罢嘉笾赐，嗟未鹓行共奉觞。

和李审言②自上海寄怀元韵

新篇来共驿梅行，江国骚人旧有名。

哀郢相将吟楚泽，下泉终不忘周京。

曲高谁是知音者，诗苦还怜太瘦生。

读罢谪仙琼玖句，海天南望一沾缨。

---

①毓清臣：毓廉，字清臣，别号诗禅，满洲正黄旗人，颜札氏。清光绪二十三年（1897）拔贡，毓贤弟。清亡后随梁鼎芬为崇陵守陵。著有《清溪草稿诗集》。劳乃宣曾为其作《毓清臣拔贡〈孝经韵语〉序》。

②李审言：李详（1859—1931），字审言，号庽生、媿生，江苏兴化人。民国后居沪上，馆于刘世珩家，后任国立东南大学教授。著有《颜氏家训补注》《文心雕龙黄注补正》等，后人辑为《李审言文集》。

劳乃宣诗词集

雨中偶作 戊午

细雨霏霏酿暮寒，春深犹怯敞裘单。
崖根石润生新溜，楼角窗虚失远峦。
海上有书诗债迫，山中无事睡乡宽。
胡床且觅蘧腾梦，一任林花满地残。

145

题吴柳堂①侍御围炉话别图

清同治甲戌，柳堂侍御以言事贬官，归皋兰主讲。张幼樵②、吴子俊③两同年、吴望云④太史高饯赋诗，以赠其行。何诗孙⑤舍人为绘围炉话别图。幼樵之室朱夫人亦有题句。清光绪己卯，侍御殉命，惠陵图归幼樵。是岁，朱夫人以坐蓐中强起，治君姑之丧，劳毁而卒。幼樵嗣复以直言著声，遭忌屏外，获咎谴谪。庚子起用，不就遄归，旋即世末，几而国变作矣。金陵之乱，藏书皆散佚，而此图独存。戊午之春，哲嗣仲炤⑥属题赋此。

生批龙鳞，死攀龙髯，两百年一谏官。一解

孤忠峨峨，孰与俦玉堂，二三子臭味芝兰投。二解

折槛汉殿，横经关中，离筵酒绿，寒炉火红。三解

骊歌迭赓，炳然丹青，阃中亦有作珠联璧合凝奇馨。四解

---

①吴柳堂：吴可读（1812—1879），字柳堂，号冶樵。甘肃皋兰（今兰州）人。清道光十五年（1835）举人，三十年（1850）进士。历任刑部主事、员外郎、河南道监察御史等职。后为清同治帝立嗣以死相谏。

②张幼樵：张佩纶（1848—1903），字幼樵，一字绳庵，号蒉斋，直隶丰润（今河北丰润）人。清同治十年（1871）进士，历任都察院左副都御史、晋侍讲学士，中法战争后革职充军，为李鸿章幕僚并招为婿。著有《涧于集》《涧于日记》等。

③吴子俊：吴观礼（1833—1878），字子俊、莒畯，号圭庵，浙江仁和（今杭州）人。由举人捐输，奖员外郎，分刑部，入左宗棠幕，以功荐保布政使衔，陕西候补道。清同治十年（1871）进士，改翰林院庶吉士，授编修。

④吴望云：吴仁杰，字望云，生卒年不详，江苏震泽（今苏州）人。清同治四年（1865）进士。官春坊赞善，为翰林官迁转别官之阶。

⑤何诗孙：何维朴（1844—1925），字诗孙，晚号盘止，亦号盘叟，又号秋华居士、晚遂老人。湖南道县人。清同治六年（1867）顺天乡试副贡，官内阁中书，协办侍读、江苏候补知府，上海浚浦局总办。

⑥仲炤：张志潜（1879—1942），字仲炤，直隶丰润人，系张佩纶次子。清光绪二十八年（1902）举人，任内阁中书，宪政编查馆总务科科员。

归云再出山，遽从三良游，赫然大节垂千秋。五解

忠魂陟帝乡，遗卷归故人，作者精神终古常存。六解

有友殉忠，有妇殉孝①，此卷什袭藏，日星共焜耀。七解

故人坐南床，直声继死友，奈何摧折不憖遗，坐使霾曀弥九有。八解

哲人既云亡，邦国卒殄瘁，翻羡抱日虞渊侪，未洒金仙露盘泪。九解

昆明浩劫来，万卷散烟雾，尺幅岿然存，应有神灵为呵护。十解

我披图兮动哀吟，远感旧兮近伤今，山阳涕泗兮沾盈襟。十一解

山居初夏即事

已是清和雨复晴，深山犹自未闻莺。

云蒸海气笼窗暗，日晃峦光隔②岭明。

松顶平铺低可抚，草花杂放琐难名。

绿阴幂下携孙坐，忘却中原战鼓鸣。

----

① 孝：诗存作"存"。

② 隔：诗存、诗稿作"间"。

挽瞿子玖^①相国同年

同咏霓裳最少年，相逢桑海各华颠。
何期后死山阳泪，独向空林哭杜鹃。

罢相归来梦九天，琼楼回首忽成烟。
长沙赋鹏^②惟伤命，忍道虞亡不用贤。

昨岁华胥现刹那，天涯同恸旧山河。
君今霄汉攀髯去，剩此余生可奈何。

放翁不忘九州同，耿耿精诚在昊穹。
果得鲁戈重返日，定先絮酒报吾公。

题郭骏卿^③英雄自立图小像

独立而不惧，大易垂遗文。
中立而不倚，师训传圣门。
枢机握在我，夫岂由他人。
英雄必自立，此谊自古闻。

---

①瞿子玖：瞿鸿禨（1850—1918），字子玖，号止庵，晚号西岩老人。湖南善化（今长沙）人。清同治十年（1871）进士，授编修，擢侍讲学士，历官内阁学士、工部尚书、军机大臣、政务处大臣、外务部尚书、协办大学士，后被劾回籍。谥文慎。著有《超览楼诗稿》《止庵诗文集》等书。

②鹏：诗存、诗稿作"服"。

③郭骏卿（1865—1928）：河南黎阳道口（今滑县）人，祖籍天津塘沽。盐商，山东盐道候补道台。

顾其所以立，首贵植本根。

本根苟不固，枝叶安足论。

奈何末流习，异说偏翻新。

为子而自立，漠然忘其亲。

为臣而自立，悍然背其君。

三纲既以斁，六纪亦以沦。

莽莽我神州，何以图自存。

皆缘此一语，误解昧厥真。

所以君子学，大义重典坟。

卓哉有道氏，识力迥出群。

少年意气盛，豪情高薄云。

刘子为作图，壁立英雄身。

落落三十秋，桑田扬海尘。

遁世依中庸，晚节坚松筠。

如此言自立，乃足明彝伦。

愿君藏此图，永宝示子孙。

实征六经懿，一扫群喙棼。

庶俾百代下，吾道无歧纷。

题壬戌同年雅集图为吴蔚若①侍郎作

　　蔚若先世棣华公②，为嘉庆壬戌科会状连元。睿庙有诗咏之。清道光间同年十四人相与燕集，绘为《雅集图》。后人有传本者数家，蔚若以卓氏本摹存。戊午秋在青岛属题。

六朝重门阀，乔木尊世泽。

王谢与崔卢，奕代垂燕翼。

隋唐肇科目，举世崇简册。

男儿不读书，莫奋丹霄翮。

风化成千年，沦浃遍吾国。

虽有守旧偏，绳武自足式。

虽有文胜弊，学古终有获。

何期美新辈，因噎竟废食。

论人轻老成，议学藐经籍。

旧弃大命倾，诗亡王迹熄。

试观昭代盛，大廷群对策。

人才蔚然兴，岂仅长翰墨。

曾胡左李③俦，谁非咏霓客。

足知救时功，端赖稽古力。

缅维嘉庆初，吁俊四门辟。

胪传获连元，龙门再点额。

----

　　①吴蔚若：吴郁生，见第106页。

　　②棣华公：吴廷琛（1773—1844），字震南、公君，号棣华，江苏元和（今苏州）人。清嘉庆七年（1802）状元，历官浙江金华、杭州知府，直隶清河道，云南按察使，湖南学政等。著有《归田草》《池上草堂诗集》。

　　③曾胡左李：指曾国藩、胡林翼、左宗棠、李鸿章。

宸翰降九重，天章朗奎璧。
同岁多英贤，器等圭璋时①。
鸣呵金马门，联袂铜驼陌。
天衢久翱翔，胜侣半斑白。
偶为韦曲游，花间启瑶席。
夙好敦金兰，遐情托泉石。
遗韵留丹青，百年仰标格。
绵延到孙曾，慎守永珍惜。
非徒隆科名，尤在念祖德。
卓荦延陵裔，大魁耀宗祏。
卷轴摹先型，宝之迈球璧。
示我渤澥滨，展玩不忍释。
感我枨触怀，为君吐胸膈。
嗟我先民风，家国一轨迹。
诗书馨香流，忠孝贻谋迪。
但能绍家声，即足培国脉。
此中深远意，时流苦未识。
弃捐我隋和，拾取彼砂砾。
讵知本原亡，支流务何益。
洪猛弥寰区，伊谁拯沦溺。
我辈无斧柯，徒为倚楹戚。
惟将先人遗，传与后人绎。
庶几清芬绪，十一存千百。
瞻彼卷中人，周旋咸可则。
使得奉楷模，颓俗定匡饬。

---

① 时：诗存作"特"。

莫笑孟津澜，区区捧土塞。

须知天下任，匹夫与有责。

茫茫天宇空，浩浩海波碧。

披图号斯言，掷笔三叹息。

幼时居泰州，所处书室作曲尺形，颜之曰"矩斋"。今来青岛，所居又有曲尺形一室，健儿处之，颜曰"小矩斋"，为之书额，系以一绝

当年式矩署斋颜，六十年来未逾闲。

愿尔相承还谨小，须知一篑可成山。

小病口占

连朝小病偃匡床，睡味温馨梦味长。

窗幂槐阴疑展画，炉然松叶胜焚香。

亲朋意热音书续，儿女勤多疾苦忘。

已判三冬常墐户，庭阶一任陨严霜。

黄岩杨定敷①给谏 晨，辛酉壬戌乡榜同年也。作生辰自述诗，叙及同榜今惟存渠与余二人，并以辛酉重赋鹿鸣之岁将届，国变不复能膺盛典，有句致慨，赋此寄之

鹿鸣群侣赋嘉宾，寰宇茫茫剩两人。

遥望天台云万丈，梦魂飞越海东滨。

太息同臻杖国年，穷岩薇蕨各凄然。

空余宝佑登科录，谢陆文山②或并传。

羡君犹食故乡鲈，贺监③年年卧鉴湖。

差胜天涯萍泛梗，田横岛畔客星孤。

虞渊一旅尚依然，羲驭焉知不着鞭。

共作霓裳重咏客，与君忍死待三年。

①杨定敷：杨晨（1845—1922），字蓉初，一字定夑、定夫、定甫，晚号定叟。浙江黄岩人。清光绪三年（1877）进士，授编修。曾任顺天乡试、会试同考官。著有《诗考订补》《三国会要》《崇雅堂诗文稿》。

②谢陆文山：指南宋谢枋得、陆秀夫、文天祥，均为宋理宗宝祐四年（1256）进士。

③贺监：贺知章（659—约744），字季真，号石窗，唐代诗人、书法家。因官秘书监，故称贺监。

乙卯冬，游杭登城隍山^①，入茶肆，座客寥寥。一老妓独弹琵琶而歌，偶然忆及成此句，当补入《日归暂咏》中 己未

山肆琵琶韵抑扬，两三茗客坐斜阳。

青裙白发歌喉在，想见当年脱十娘。

乞林琴南^②绘劳山归去来第二图

君曾为刘幼云作潜楼读书第二图，因援例以请。

记得劳山归去来，曾将松菊画中栽。

无端大海群龙战，一纸差欣免劫灰。

殷遗遍播又天涯，何处堪餐太白霞。

认取先畴溟渤近，白云堆里再还家。

展墨^③征题翰墨香，新吟络绎发奇光。

珠玑已满无余幅，剩得缣缃会袭藏。

重上潜楼景不殊，丹青喜见续操觚。

愿君援取良朋例，为我挥毫第二图。

---

①城隍山：即杭州吴山。

②林琴南：林纾（1852—1924），原名群玉、秉辉，字琴南，号畏庐，别署冷红生、六桥补柳翁等。福建闽县（今福州）人。清光绪八年（1882）举人，受吴汝纶荐任北京大学讲席，后专以译书与卖文卖画为生。工诗古文辞，著有《畏庐诗存》《畏庐文集》及诸多翻译作品。

③墨：诗存、诗稿作"卷"。

春暮游会前观樱花，归途过恭邸①别墅，玩所藏书画留饮，赋此谢之

暮春天气尚披裘，山外茫茫海色浮。

霞绚朱樱千树密，径循翠柏两行幽。

淮南秘籍窥鸿宝，梁苑清晖步鹤洲。

一笑客星无酒力，不须酩酊醉相留。

绸儿在都，书来报生曾孙，以易占之得否之观，命名曰"畴"②，作此示绸

檐际楂楂鹊声喜，驿使传来书一纸。

开缄一笑掀霜髯，吾儿抱孙孙抱子。

祖武遥绳二百年，亲心远慰两千里。 吾家先代多老寿，而亲见曾孙者，最近惟清康熙间节世祖振寰公③，今已二百余年矣。

假尔泰筮占有常，象呈天地不交否。

动者一爻曰九四，有命无咎畴离祉。

否已过中泰将来，休否倾否此其始。

嗟予沧海频颠连，彰往察来曾有言。

吾子吾孙不能望，升平重睹其曾玄。

---

①恭邸：指爱新觉罗·溥伟（1880—1936），别称锡晋斋主，恭亲王奕䜣之孙，袭封恭亲王爵位。历任管房大臣、满洲正红满旗都统、禁烟事务大臣等职。辛亥革命后，组织宗社党，后移居青岛、大连。邸，旧称诸侯王。

②指劳志畴，绸章孙子，劳乃宣曾孙，生于清光绪二十年（1894），卒年不详。

③振寰公：劳士奇（1593—1675），字振寰，年八十三，系劳乃宣八世祖。

今日曾孙已在目，待彼成年否当复。

记得子由报弄孙，坡老有诗远相勖①。

愿尔教孙师其意，但强筋骨耕衍沃。

一箪一瓢乐在中，浮云轩冕无流瞩。

惟有家传书五车，不可不随乃翁读。

题王玫伯②后凋草堂图用见怀元韵

户外好山多入画，阶前流水自鸣琴。

不除劲草存真意，独抚孤松契本心。

迟暮岂随摇落变，归来无复式微吟。

披图动我飘零感，亦有溪堂在故岑。

祝恭邸四十寿

中兴有贤王，大业媲元圣。

致辟歌鸥鹗，无坠降宝命。

吐哺来群贤，烟尘万方定。

两朝辅冲人，没世不谖咏。

---

①全句：诗意为苏轼庆贺弟弟苏辙迎第四孙而作诗《借前韵贺子由第四孙斗老》。

②王玫伯：王舟瑶（1858—1925），字玫伯，号星垣，别号默庵居士，谱名正阶，字绍庭，浙江黄岩人。清光绪十五年（1889）举人。历任南洋公学教习，京师大学堂教授、两广师范学堂监督、礼部礼学馆顾问。著有《群经大义述》《默庵集》等。

文孙承诒谋，绳武希前尘。

惜哉陵谷变，避世①东海滨。

行吟继麦秀，问膳供菜根。

梁园早梅开，一阳既来复。

不惑逢悬弧，北堂舞莱服。

所嗟鹏骞年，乃为蠖屈伏。

艰贞正垂翼，何心餍�醅，

但征朋好诗，聊以代琴筑。

惭无邹枚笔，奚以摅赓飏。

旷观兆黎意，视听通昊苍。

伫见虞渊日，赫赫升扶桑。

曾读萃锦吟，至后日初长。

恩荣纪赐寿，圣藻狎年光。　恭忠亲王集唐诗，稿名《萃锦吟》，内赐寿纪恩诗有"冬至至后日初长"及"恒随圣藻狎年光"之句。

缵戎允无忝，申锡自有常。

明年及此辰，朱邸华筵张。

琼翰下九宵，玉食颁上方。

济济百僚集，瑞霭盈画堂。

我当曳裾至，快举流霞觞。

---

①避世：诗稿作"肥遁"。

余七十六七以后，眠食转胜于前，步不杖，目不镜，惟耳聋为老态，差以为幸，得句志之

老人一笑雪髯苍，差幸寒松尚耐霜。

絮被年多眠更稳，菜羹调薄味弥长。

高冈勉可登千尺，细字犹能作数行。

独有聩然充两耳，不闻世事更徜徉。

大雪口占 庚申

连朝快雪没阶除，一白群峰眩太虚。

密洒槐枝森玉树，巧凝松叶聚琼琚。

暮寒拙仆勤添火，宵永雏孙泥讲书。

且拥汤婆春梦熟，温麑不问夜何如。

今年元旦及万寿节至皇室行礼之人甚多①，报章登载列有余名。余固未往②，而心滋愧矣。忆乙卯元旦，梁文忠单班蟒服，行礼于乾清门外③。今者④大不相同，可见人心之转矣。得句志之

肥遁东海滨，闉阇九霄迥。

江湖魏阙怀，此心徒耿耿。

宫莺百啭新，寅杓启朔旦。

梅雪映上林，华渚庆胜算。

天门轶荡开，日角瞻煌煌。

彤墀齐舞蹈，杂沓罗冠裳。

落落虞宾属，黼帗循其常。

济济草野臣，各来天一方。

嗟哉羁孤踪，梦魂正飞越。

异辞忽传闻，道我预其列。

闻之增汗颜，惭惶五中热。

静思平陂运，往复有恒辙。

梁鬐⑤曩朝正，踽踽臣一个。

荏苒数春秋，麇集众申贺。

风气有转移，人心渐思旧。

视听自我民，定卜昊天佑。

---

①诗存有"在京诸臣之外，各处遗老来者数十人"。

②诗存有"自属传闻之误"。

③诗存有"余曾有诗咏"。

④者：诗存作"昔"。

⑤梁鬐：指梁鼎芬。见第71页。

缅维西周衰，周召修共和。

冲人既胜衣，返日旋同戈。

又闻昔东邻，大权落幕府。

潜龙蛰旧京，蜷蜷尺蠖伍。

萨长义师兴，王政立复古。

远怀隆古迹，近征友邦轨。

否极当泰来，其在此时矣。

曜灵沉虞渊，指顾升中天。

再兴继周汉，明哲侪光宣。

典章睹故物，闿泽敷黎元。

星回斗转后，正始书麟经。

九宾列槐棘，百辟趋承明。

愧兹衰朽质，无以酬升平。

谨当随鹓行，输此方寸诚。

山居春暮

寂寞岩阿独晤①言，任他三径绿芜蕃。

楼高云到都成雾，山冷春深尚负暄。

客以地偏惟偶过，鸟因林密罕闻喧。

一编默对忘身世，何必桃花再问源。

---

①晤：诗存作"寤"。

寄骆湟生①都门

海上寒风勒众芳，春深才见柳条黄。

不知适景园边客，咏到看花第几章。 湟生所居为明驸马李
氏适景园故址，今称什锦园②。

初夏犹寒，东窗负曝

东窗晴旭负③黄绵，赢得胡床自在眠。

夏日亦堪称可爱，始知人意总随天。

朗亚文氏，奥国名画师也，以战事陷于俄，脱身来游华④。尉君介画余像，两旬而成，神情毕肖，赋此纪之

画师郎氏笔有神，丹青誉满欧罗滨。

干戈漂泊客东亚，身世不异曹将军⑤。

平生绝艺岂轻用，惟求佳士为写真。

愿将诸夏知名客，传示乡邦具眼人。

---

①骆湟生：骆成昌（1859—?），字子藩、湟生，号子和、南禅。山东布政使崇保之子。萨客达氏，满洲镶黄旗人，汉姓骆。清光绪十四年（1888）举人，官四川夔州知府。

②什锦园：位于北京东城区西，原为明代成国公朱能所建园林，清宣统时（1909—1911）称什锦花园。

③负：诗存、诗稿作"胜"。

④诗存、诗稿有"将摹绘中国有名山水人物传示西邦"。

⑤曹将军：指曹霸，曾任左武卫将军，唐代著名画家。杜甫有《丹青引赠曹将军霸》。

卓哉尉君我良友，介我图形忘老丑。

自笑卑栖伏草莱，何堪高举称山斗。

拂拭绢素调朱铅，默然坐对都忘言。

奚止五日与十日，兼旬神遇虚窗前。

一朝忽现庐山面，颊上毫添目生电。

乍睹方惊别化身，孰①视还疑镜中见。

尉君好学频切磋，传经远渡西海波。

圣道尊亲遍覆载，日月霜露无偏颇。

愧此区区衰朽态，亦随同过跋提河②。《通志·七音略》谓：瞿昙之书，能入诸夏，而宣尼之书，不能至跋提河，为后学之罪。曹君直寄赠余诗有云：可惜无缘逢夹漈，孔书道过跋提河。以余与尉君讨论经籍译传欧西也。③

岛居偶成

绿阴如幕遍周遮，不碍登楼眼界赊。

水献空明资夕照，山分远近赖朝霞。

几忘画境为谁土，聊以书城当我家。

莫笑终朝埋故纸，衰翁剩此是生涯。

---

①孰：诗存、诗稿作"熟"。

②跋提河：为古代拘尸那揭罗国境内阿利罗跋提河。《大唐西域记》作阿恃多伐底河。后泛指印度。

③诗稿署有"庚申四月，劳山老人"。

题何仲起①僧装小像

松竹森森画里深，给孤林下且孤吟。

华裾已醒尘间梦，寂磬空余物外音。

遑问大千为谁②世，惟知不二是禅心。

袈裟一领苍茫立，石冷泉清自古今。

祝刘云樵③封翁暨德配李夫人八秩双寿

匡阜钟灵夙，彭城衍泽长。

齐眉尊大老，绕膝乐诸郎。

百体从弥泰，双瞳朗欲方。

中庸天下仰，大耋满门昌。

几此箕畴福，胥由翰墨香。

缅维少小日，正处乱离乡。

把卷深山月，摊书永夜霜。

任从骇锋镝，终不废绨缃。

时雨金戈靖，秋风玉尺量。

登龙看脱款④，鸣鹿赋承筐。

屡作游仙梦，无缘选佛场。

蓬瀛惟怅望，花县且回翔。

---

①何仲起：原名何澍，字仲起，道名素璞，山东莱芜人。莱芜县立师范讲习所毕业，清末河工专家，济南道院副会长。

②谁：诗存、诗稿作"孰"。

③刘云樵：即刘乔祺，刘廷琛父，见第83页。

④款：诗存、诗稿作"颍"，应为"颖"。

南国移舟近，西泠听鼓忙。

泉源味灵隐，潮势赏钱塘。

棒檄踪靡定，鸣琴惠不忘。

梅溪遗爱在，查岭政声扬。

泽披嘉禾秀，馨闻槜李芳①。

明州②山卓卓，乍浦③水泱泱。

每种渊明秫，都留召伯棠。

鹏程原淡泊，骥足偶腾骧。

煮海荣专使，宣风焕绶章。

无欺法刘晏，争利鄙宏羊。

仕辙追苏白，闺门媲孟梁。

清香凝画戟，晓梦警银床。

训子诒同燕，闲家苟共庄。

名驹千里捷，雏凤五云颃。

簪笔趋瑶陛，乘轺发玉堂。

骖騑还魏阙，皋座拥虞庠。

名显亲心慰，年深宦味凉。

缁尘辞浙水，素履复浔阳④。

南亩新禾碧，东篱旧菊黄。

比肩闲倚幌，招手乐由房。

岂意轩波起，无端逆焰狂。

滇池争鹬蚌，江汉遍豺狼。

共倚罴当道，翻为虎作伥。

保衡方任重，社鬼竟谋亡。

---

① 嘉禾、槜李：浙江嘉兴之代称。

② 明州：浙江宁波的旧称。

③ 乍浦：浙江平湖市辖镇，地处杭州湾北岸。

④ 浔阳：江西九江之旧称。

避世违家衖，居夷遁海疆。
潜楼风浩浩，劳峤雾茫茫。
刚幸飞烽远，俄惊战鼓镗。
更难安旅次，除是返轻装。
再溯孤山道，重浮九派航。
江头秋瑟瑟，门外泌洋洋。
屈指驹光迅，开颜鹤寿臧。
惜无朝可杖，只有野堪藏。
氍舞休鸾鹄，盘珍却鲤鲂。
但征赓雅颂，聊以代笙簧。
忆忝编氓列，曾瞻雅化光。
鸳湖承把袂，燕寝许掎裳。
一别陵为谷，重逢海变桑。
论心冰抱洁，抵掌雪髯苍。
集拟耆英会，娱同履道坊。
问年输一算，序齿举三觞。
元季交鱼水，陈君敢雁行。
遥闻设弧帨，窃愿拜庭墙。
独慨羁旄葛，犹艰问楚艎。
惟思吟黻珮，借作献珩璜。
愧我年相若，方君分莫当。
君今栖故陇，我尚滞遐荒。
我剩鳏开目，君犹凤引吭。
韶华虽共度，项背未能望。
第祝叼休荫，恒令葆健强。
过师卫武悔，贫守启期常。

并届期颐岁，偕占视履祥。

群凶咸荡涤，大地已平康。

酌斗班①衣戏，开樽绮席张。

当循章甫服，来贡紫霞浆。②

海滨步月歌

海天万顷清光煦，沙堤千尺沿低树。

朦胧月影隐微云，婆娑一老循堤去。

儿女追随雁鹜行，雏孙跳跃猿猱步。

寂岛参差野鹘盘，惊涛起伏潜蛟怒。

孤亭小憩坐阶石，仄径联趋沾草露。

渐觉新凉欲透肌，袷衣一再添绉布。

斯须转足登栈桥，直到沧波渐深处。

云开月出万象明，水天一白疑将曙。

列炬逶迤认舰行，高辉明灭标航路。

杂沓游人邂逅多，士女如云不知数。

东邻女子姗姗来，蓬松双鬓高层雾。

西方美人冉冉至，绰约纤腰细尺素。

乐不可极归去来，笑语徐徐屡回顾。

双轮人挽小车轻，市楼灯火繁如故。③

遥指幽林是我家，柴门隐隐群松护。

入门花影满庭除，依然皓魄当空吐。

---

①班：诗存、诗稿作"斑"。

②诗稿中末有"恭祝云樵老伯大人暨老伯因李夫人八秩双寿，愚侄劳乃宣拜呈"。

③遗稿中此诗结束，然在诗存中有以下14句诗。

人生似此佳游福，试问百年能几遇。
况我羁逋垂翼飞，合向西山饿乡住。
中原又值豺虎争，遍地狼烽震城戍。
乃得翛然物外游，一家欢喜到童孺。
造物之仁不可忘，搦觚写入追亡句。

题顾鹤逸①鹤庐图

怡园记得屡凭栏，惜未趋阶一识韩。
何日重来吴市上，尧年共话旧时寒。

---

①顾鹤逸（1865—1930）：本名麟士，字鹤逸，号西津，别号谭一、筠邻、西津渔夫、西津散人等。江苏元和（今苏州）人。擅画山水，精鉴别，为过云楼第三代主人。室名鹤庐、海野堂、甄印阁等。撰《过云楼续书画记》《鹤庐印存》《鹤庐画赘》等。

题孙隘堪①南窗寄傲图用吴蔚若元韵

琴书一室足消忧，檐际寒松百尺修。

傲骨棱棱遗浊世，孤怀耿耿念神州。

莫嫌草色荒三径，且喜芸香拥九邱。

堪羡幽栖是吾土，不须慨赋仲宣楼②。

附 吴蔚若题孙隘堪南窗寄傲图

生晚真须耐百忧，问谁解脱悟禅修。

翛然夷惠空三古，邈关黄农隘九州。

去日山河留史乘，闲中岁月在林邱。

淮南招隐怜君意，定有新篇入选楼。

---

①孙隘堪：孙德谦（1869—1935），字受之，又字寿芝，号益弇，晚号隘堪居士。江苏元和（今苏州）人。诸生。民国后居上海，历任东吴大学、大夏大学、交通大学、政治大学教授。著有《孙隘堪所著书四种》。

②仲宣楼：位于湖北襄阳城东角城墙上，为纪念东汉末年诗人王粲（建安七子之一）所建，又名王粲楼，东汉时始建，后遭兵火。

再题曹君直①晋佛龛图

远林先生吾父执，儿时几杖每侍立。

桥梓连赓正气歌，忠贞迭代畴能及。 君外祖远林马公及子
侣莘②先后殉发逆之难。

袁粲③遗风有外孙，以忠命名堪绍袭。

耿耿丹忱尺五天，露盘莫辍铜仙泣。

往岁相逢虎邱路，晋佛龛图征我赋。

一片孤忠照古今，曾向图中题短句。

今日重逢东海滨，丹青再展研凤因。

姓名相同古恒有，小冠杜氏惊座陈。

似此元良与忠荩，若合符节洵异闻。

毗沙天王法力广，救世高挥巨灵掌。

沙州节度同名人，报国心虔雕宝像。

敦煌石室千年埋，一朝出土惊春雷。

奇珍辗转入君手，天缘岂假人安排。

从知佛意崇忠孝，鉴君诚悃休征报。

会看寒日起虞渊，扶桑万丈朝曦耀。

相期联袂拜天阍，同上崟坡染御香。

此际愿君携此卷，挥毫复咏第三章。

---

①曹君直：曹元忠。见第103页。

②马远林：马钊（1813—1860），字燕效，号远林。长洲（今苏州）人。清道光
二十四年（1844）举人，内阁中书，清咸丰十年（1860）于白塔湾战殁，著有《集韵校勘记》
10卷，未刊，今存抄本。

③袁粲（420—477）：原名愍孙，字景倩。陈郡阳夏（河南太康县）人。官至中书监，
因抗萧道成与其子一并被杀。

溥心畲①以诗寄怀并为作归来吟序依韵和答

书来空谷里，天素见斯人。

芳草王孙梦，寒松薰绮身。

小诗音比玉，大序笔如神。

遥想西山麓，孤吟岸角中。

和鬼头玉汝②八胜楼八人会歌

庚申中秋之夕，东友鬼头君招饮于芦田弥三郎新筑三层楼上，同座者为我国升吉甫③、高孟贤④、吴君廉⑤三君，东国鹤渊仙助⑥、浅井新太郎及鬼头、芦田四君。鬼头目之为八仙，作记记之并赋此诗，依韵和之。

重楼新百尺，朗月射华筵。

嘉宾忘近远，群仰主人贤。

酒罢登高台，皓魄当空圆。

胜境数八区，一览万象全。

---

①溥心畲：爱新觉罗·溥儒（1896—1963），初字仲衡，改字心畲，自号羲皇上人、西山逸士，恭亲王奕䜣之孙。留学德国，1949 年之后去台湾，执教于台湾师范大学，著名画家。诗稿题为："心畲居士以诗见寄并为作《归来吟》序依韵和答。"

②鬼头玉汝：日本人，毕业于日本法政大学，时任大青岛报社社长。

③升吉甫：升允（1858—1931），字吉甫，号素庵。多罗特氏。蒙古镶黄旗人。清光绪八年（1882）举人。历官山西粮道、山西按察使、陕西巡抚、陕甘总督。清宣统元年（1909）革职。三年（1911）署理陕西巡抚。民国 2 年（1913）至库伦，传檄讨袁世凯。东渡日本，馆于东京，后迁寓青岛。6 年（1917）复辟，授大学士。谥文忠。著有《东海吟》。

④高孟贤：字无元，北京人。举人。青岛红十字会副会长，礼贤甲种商业学校校长，与尉礼贤编《孔子家语》。

⑤吴君廉：江苏无锡人，中报新闻函授学校毕业，报社记者。

⑥鹤渊仙助：（1868—？），日本群马县人，鹤渊桂助长子。历任陆军主计总监。1914 年日军占领青岛时为二等主计正，后升陆军主计监、第一师团代理部长。

海色如镜平，灏气涵大千。

岚光乍明灭，倏忽屡变迁。

恍若陟太虚，缥缈凌秋烟。

人生惬怀耳，奚必求神仙。

今夕超然游，适以完吾天。

重阳与张仲炤①、叔威②、周叔弢③、刘伯明④、王式如⑤、健儿游浮山登高，仲炤旋别去

海国秋气高，重阳无风雨。

冠者五六人，约作登高侣。

安车以气行，并坐任笑语。

禾稼多登场，纵眺每平楚。

道隘石碍轮，巷狭檐拂宇。

拾薪喧野童，簪花聚村女。

迤逦径渐高，舍车起步武。

茅庵当岩阿，岚翠抱环堵。

苍槐森百寻，疑有千年古。

汲彼崖根泉，取火当阶煮。

---

①张仲炤：张志潜见第 146 页。

②叔威：张志沂（1896—1953），又名张廷重，河北丰润人，张佩纶三子，张爱玲父。曾任天津津浦铁路局英文秘书。

③周叔弢（1891—1984）：原名暹，名明暹，号秋浦、弢翁，字叔弢，以字行。安徽建德（今东至县）人。系周馥长子周学海的第三子。民国八年（1919）随叔父在青岛创办华新纱厂，为专务董事，系中国北方民族工商业代表人物。1949 年后，历任天津市副市长、政协全国委员会副主席。

④刘伯明：刘经庶，江苏无锡人。先后留学日本、美国，获博士学位。回国后受聘金陵大学国文院主任，东南大学文理科主任、代理校长等职。

⑤王式如：王鸿玉。在端方自南洋总督调补直隶总督时任账房。

一盏清沁脾，神魂各栩栩。

峻岭庵后起，去天将尺五。

崔巍竞趋陟，奋足勇可贾。

老人不自量，策杖兴同鼓。

扶持后或先，豚儿力自努。

多谢二三子，殷殷与相辅。

霜叶炫欲燃，寒松亚堪抚。

路敧跻攀条，石活履择土。

置身徐出尘，下界豁然睹。

海天接混茫，余霞散疏屿。

顿觉寰宇宽，心目了无阻。

虽未凌绝顶，已与白云伍。

惜无送酒人，冈头咒觥举。

斜晖移晴空，投林见归羽。

行乐不可极，去去勿延伫。

归程别一途，风景入画谱。

层楼隐暮烟，轻帆漾远浦。

轨迹穿密林，花香溢小圃。

到家灯未上，月影在庭户。

故人遽揖别，诘旦戒征旅。

甫得快游兴，旋复黯离绪。

人生无全美，此亦固其所。

拈毫吟斯篇，聊作轩轩舞。

游海滨德人旧炮台①

萧条故垒百重台，一望沧溟暮色开。

雄势似殊秦蜀险，巧机远迈墨输材。

鸡虫已自成前迹，螳雀谁能测未来。

独有殷遗海滨老，摩挲铜狄不胜哀。

东旧复咏之二

岛隅重返，荏苒三年，闻见遭逢，或娱或慨，即事成吟，意境不一，皆以纪其实也。陆续得三十绝，杂录之以继前作。②

故山息影几春秋，物外韶光逝水流。

托迹慢嗟人宇下，坐看豺虎哄神州。

柴门深闭万松间，四面书城一室闲。

镇日不闻来剥啄，惟余蠹简伴空山。

满窗晴日砚池温，心手追③随屋漏痕。

茧纸书完棐几净，研朱染翰课童孙。

---

①旧炮台：青岛山炮台，亦称京山炮台，位于青岛市南区兴安支路，系清光绪三十年（1904）德国所建。

②诗稿署"庚申十月"。

③追：诗稿作"迢"。

良朋相托继前修，考献征文仰圣猷。

愧我便便空腹笥，惟寻故纸肆冥搜。　刘澄如[1]学士以所辑《皇朝续文献通考》，请为重加修订。

半日修书半日闲，焚香宴坐掩重关。

每裁尺素通朋好，或附新诗互往还。

虽云避世入山深，偶亦跫然有足音。

何计殊方与吾土，但赓同调即朋簪。

艰难西汉亲王子，憔悴成都老客星。

相见重吟杜陵句，回头一别五秋萤。　恭邸[2]居岛上，战时坚守未去，重来复相见。

淮南好学献王贤，典册高文则古先。

谢以仙源鸿宝笈，助成昭代汗青编。　恭邸以所藏谱牒诸书相助考订《续通考》。

---

①刘澄如：见第 74 页。

②恭邸：爱新觉罗·溥伟。见第 155 页。

东瀛有客抱琼琚，枉趾还携一纸书。

更喜三山贤博士，惠贻新著富经畬。　日本湖南①博士携罗叔
蕴②书过访，又林泰辅③博士以所著书见赠，皆东国知名士也。

欧滨画手笔如仙，写得衰容海外传。

逢笑放翁团扇影，化身今竟到西天。　奥国画师郎亚文氏绘
余像传于欧洲。

绕屋樱花耀锦绯，香凝画毂绮筵围。

歌裙舞扇群秾李，恍睹唐宫奏羽衣。　日本司令部开樱花会，
设席款中外众宾，东妓数十人登台，歌舞犹有中国古式。

奇肱巧制驾凌烟，闻说人来自日边。

万众广场齐拍手，果然天上降飞仙。　意国飞机莅岛，随群
众往观。

新营女学焕门墙，入望重楼饱曙光。

旭旦大昕鼓征候，生徒逐队紫霞裳。　新筑女学校④相去甚
近，校生以紫裙为制服。

---

①湖南：内藤虎次郎（1866—1934），字炳卿，号湖南。日本秋田县人。早年任东京《明
教新志》主编及《万朝报》《朝日新闻》记者，曾任《台湾日报》主编。清光绪二十五年（1899）
后多次来华。任京都帝国大学东洋史教授。著有《内藤湖南全集》。

②罗叔蕴：罗振玉（1866—1940），字叔蕴，一字叔言，号雪堂。浙江上虞人。清光
绪七年（1881）秀才。创农学社、东文学社、江苏师范学堂。清宣统元年（1909）任学部
参事、京师大学堂农科监督。辛亥革命后旅居日本。民国十三年（1924）奉溥仪入直南书房。
伪满洲国建立，任监察院长。著述浩博，有《殷虚书契》《三代吉金文存》《雪堂丛刻》等。

③林泰辅（1854—1922）：日本千叶县香取郡人，号进斋。入并木要水私塾，毕业于
东京大学古典讲习科汉书科。后执教东京帝国大学、东京高等师范学校等。系日本研究中
国甲骨文权威专家，著有《上代汉字的研究》《周公及时代》等。

④女学校：指1917年，日本占领者在青岛小鲍岛街（日占时期为三笠町，若鹤山下）
所建的青岛日本高等女校，又名绂宇女中，专门招收日本女子入学。

临窗皓魄望中遥，远近森芒灿百燎。

灯月交辉四时见，宛然夜夜是元宵。 所居后窗，望见铁道衢路及人家楼窗，灯光极多。

神社台高接太虚，忠魂碑峻峙幽墟。

有君万古纲常在，诸夏伤心竟不如。 神社在北山，以行国祭。忠魂碑在南山，以祀国殇[1]。皆日人所建。工作巨丽，礼数隆盛。

咫尺家山不可攀，朝朝倚阁羡烟鬟。

探幽勉及青岩半，聊仰先畴一解颜。 久思游劳山，闻山中不靖，未敢深入，至半山而返。

九水流长上下分，台登柳树趁斜曛。

上清知在群松顶，矫首苍崖万叠云。 所到者为下九水。上九水、柳树台，皆极幽旷之致。

寂寞休嫌遁海滨，域中儿女往来频。

携童挈幼飙轮便，酿作南陔满室春。 缜[2]女常宁家，绚[3]女纲儿在京师、济南、曲阜诸处，时来省视且每携子女，交通便易之利也。

不作庭前柳絮吟，古筹一握共研寻。

针砭少广穷旁要，各出新编见匠心。 儿女辈多学筹算，绚女作《勾股通法》，继[4]女作《开方说订》，今各脱稿，皆有心得。

---

①神社、忠魂碑：均为日本占领青岛期间所建。青岛神社于1915年在贮水山北坡修建，系日本海外最大的神社。忠魂碑建于1917年4月，位于今中山公园内樱花大道的中段东侧小高台上。

②缜：劳缜（1869—？），劳乃宣三女，嫁江苏宝应人、山东候补知县刘启彬。

③绚：劳绚（1864—1936），字绚文，劳乃宣长女，嫁山东曲阜孔繁淦。识天文，长筹算，擅填词，曾执教于北京女子师范。著有《勾股通法》。

④继：劳继（1895—？），劳乃宣四女。沈曾植子沈颎妻。著有《古筹开方说序》，为上海文史馆馆员。

朔雁书来报弄孙，吾儿亦作祖翁尊。

拈蓍得否心翻慰，俭德斯堪保后昆。 纲儿来书报生曾孙，以易占之，得否之观名之曰"畴"，寄诗勖之。

三江乡塾馆庭开，谁领皋比富教材。

聘得黟山老居士，三千里外故人来。 三江会馆同乡设学校，聘胡绍铦①为教务长，旧交戚谊也。

记得西湖九月天，僧寮周甲共开筵。

而今剪烛惟双影，重话巴山十九年。 壬寅，余六十生日，饮于西湖理安僧寺，在座之人，惟绍铦存在，今十九年矣。

海东诗客集名流，八咏吟成八胜楼。

百尺层台明月里，今宵端不负中秋。 中秋之夕，东友鬼头玉汝招饮于芦田氏新筑八胜楼，多中外知名客。芦田有青岛八景之咏楼，名所由题也。

孔雀屏开蜗角庐，向平愿了老怀舒。

疏裳布被无余物，适称归装挽鹿车。 季女缄字沈氏②，就姻岛上。

雁奠堂阶礼意隆，元纁弁冕主宾同。

此中不改秦衣服，守得先民旧日风。 婚礼皆用旧冠服。

重阳命侣探云根，黄草庵头蹑黛痕。

乍忆江南旧游梦，半山寺旁谢公墩③。重阳与同人游浮山，登高黄草庵④，山麓小庵也，前在金陵，重阳每游半山寺。

①胡绍铦：字彭寿。见第60页。

②沈氏：沈颎（1898—1963），沈曾植子，字慈护，自号"悔居士"，劳乃宣女儿劳缄之夫。

③全句：半山寺位于南京玄武区中山门内，建于北宋元丰八年（1085）；谢公墩，位于南京半山园，为谢安园池故址。

④黄草庵：亦名荒草庵，位于青岛大麦岛村北浮山山麓。

璀璨秋英次第开，携锄过子费滋培。

怡颜真见陶家径，不待空吟画里栽。　健儿艺菊甚盛。余前
倩金匋丞画劳山归去来图，有"松菊都从画里栽"之句。

联袂同寻故垒尘，劫灰指点尚如新。

相看各洒铜盘泪，一样重来化鹤人。　与德人科治马同游德
国旧炮台，科即当日台中人也。

桃源境外遍烟尘，消息传来日日新。

知汉且能知魏晋，异他充耳武陵人。

此身一带①总栖栖，海角天涯视若齐。

七十八年漂泊惯，余生奚更问东西。

潘季孺②新营居宅于吴门，以移居诗见示，赋此答之

筑室种树定我居，逍遥池沼奉板舆。

灌园粥蔬供伏腊，都是安仁旧楷模。

题诗远绍闲居赋，优游养拙存吾素。

尺书遥赍海东头，开缄神往花桥路。

我初识君宝华庵③，勘碑读画同幽探。

一朝蜀道血化碧，凄凉往事成优昙。

吴趋本我童嬉地，向来当作乡关视。

岛隅迢递寄孤踪，梦魂每绕清嘉市。

---

①带：诗存、诗稿均作"代"，应为代。诗末署名"无功老人"。

②潘季孺：潘睦先（1871—1963），字季孺，号少圃，一号俭庐。江苏苏州人，为藏
书世家，官湖北布政司照磨，升知府。有藏书处养闲草堂。

③宝华庵：见第121页。

几时双桨阖闾城，来访新营履道庭。

北户南檐吟赏遍，炊粱剪韭话平生。

题重建松寥阁①记石刻

焦山松寥阁，为端忠敏公所修建。忠敏与弟忠惠②同殉国。住持僧祀两公木主于阁中。杨子勤③为作记，郑苏戡④书之泐石，潘季孺以拓本见示，感赋一律。

高阁亭亭片石幽，贞珉堪与鹤铭俦。

苍茫山色清风在，寥落松声雅韵留。

碧血一时偕蜀道，丹心千古并江流。

何当同尽西台痛，堕泪碑前共拭眸。

---

①松寥阁：位于镇江焦山，明万历年间建，清光绪三十年（1904）3月毁，次后端方重建。1937年遭日军焚毁。

②忠敏、忠惠：忠敏即端方，清末大臣。见第118页。忠惠即端锦（？—1911），字叔纲，端方七弟，满洲正白旗人，曾任河南许州知府。后与端方在四川资州同被起义新军所杀，谥忠惠。

③杨子勤：杨钟羲（1865—1940），姓尼堪氏，原名钟庆，后改为钟羲，冠姓杨，字子勤、圣遗、芷晴，号留垞、梓励，又号雪桥、雪樵等。汉军正黄旗人。清光绪十一年（1885）举人，十五年（1889）进士，授翰林院庶吉士，散馆授编修。后历任襄阳、淮安、江宁知府。辛亥革命后，蛰居上海。卒后伪谥"文敬"。著有《雪桥诗话》《雪桥自订年谱》《圣遗诗集》《意园文略》等。

④郑苏戡：郑孝胥（1860—1938），字苏戡，号太夷，福建闽县（今闽侯）人。清光绪八年（1882）举人，由内阁中书改官同知，赴日任驻日使馆书记官。后历任总理各国事务衙门章京，安徽、广东按察使等职。伪满成立后任国务总理。著有《海藏楼诗集》。

健儿以所栽白梅一盆置我斋头，偶题三首

　　昔余初举于乡，父执汪龙溪①丈赠以画虎，溪丈题句其画梅一幅云：果然名父生才子，眼见词坛有替人。调鼎占春等闲事，岁寒珍重后凋身。今偶思及末首及之，以勖吾儿。

移将倩影伴重关，缟袂归来冷珮环。
春意偶然通鼻观，暗香疑在有无间。

疏英数点案头新，已觉融融一室春。
遥忆故园花满树，空庭开遍悄无人。

记得诗翁责望完，占春调鼎等闲看。
愿儿亦体栽花意，珍重冰心共岁寒。

辛酉元旦口占② <small>辛酉</small>

辛年太岁在重光，复旦光华气象昌。
一望海天清万里，曈昽旭日起扶桑。

---

①汪龙溪：画家，姚体崇表叔。
②诗稿"口占"为"偶成"。前有"元旦开笔重光明，太岁在辛曰重光，明重光之兆也"。

题三六桥①所得双凤砚，为纳兰容若②、朱竹垞③遗物

二百年前片石温，相逢无意海王村。

龙潜小涧云将覆，凤翥高台雨不昏。

通志堂芜经韵在，曝书亭渺墨缘存。

摩挲回首承平梦，鹳眼应看有泪痕。

张渊静④总宪挽辞

南皮御史多夙缘，登科同岁生同年。

我绾铜墨宰君土，君持节钺临吾天。

臭味交孚畹兰契，行藏互砺岩松坚。

皖江畴昔肇奇变，机械远在之江岸。

默尔诛锄唐赛儿，钱塘潮势安然奠。

新纶移指西山西，辞荣寂寞人海栖。

我膺鹤书诣丹阙，铜驼陌上相提携。

铜驼一旦卧荆棘，釜山麓下偕扶犁。

---

①三六桥：三多（1871—1941），蒙古族，原姓钟木依，改汉姓张，号六桥。浙江杭州人。承其叔父难荫得袭三等车骑都尉。历任杭州知府、京师大学堂提调、库伦办事大臣。辛亥革命后历任盛京副都统、东北边防司令咨议等。著有《可园诗钞》《可园外集》《可园文钞》等。

②纳兰容若：纳兰性德（1655—1685），清初重臣明珠长子，满洲正黄旗人。词人，与朱彝尊、陈维崧合称"三大家"。著有《通志堂集》《饮水集》等。

③朱竹垞：即朱彝尊，别号竹垞，清初学者。见第123页。

④张渊静：即张曾敭。

禾麻南亩连阡陌，鸡黍东轩忘主客。

膝下琳琅研简编，闺中参昴论刀尺。

鼎湖联袂泣遗弓，飞飞劳燕乍西东。

君吟丁字沽①头月，我咏田横岛②畔风。

虞渊日起恩波遍，君掌乌台我司宪。

转眼华胥一梦空，遥天清泪挥如霰。

江山举目又三春，谁是神州勠力人。

海滨剩共新亭恸，尚复何心恋软尘。

传来噩耗沧溟远，初闻涕泗衣裳满。

俯仰寰区转羡君，一瞑不视天真返。

与君交谊今所稀，远稀元白无差池。

死生契阔有同调，梦中③执手长因依。

岂料乐天三度别，寝门先竟哭微之④。

题诗且作平生语，为问泉台知不知。

清明游九水⑤

敝裘未脱暮春天，童冠追随左右便。

新道条条过杨柳，旧村处处见秋千。

樱林花满怀前度，燕垒泥新认去年。

莫与青山论甲子，置身恍到义熙前。

---

①丁字沽：原为天津七十二沽之一，诗中代指天津。

②田横岛：原为青岛即墨一岛屿，因汉初齐王田横率部居此得名，诗中代指青岛。

③梦中：诗存作"允宜"。

④乐天、微之：白居易字乐天，元稹字微之。

⑤九水：位于青岛崂山白沙河上游。又分内九水、外九水和南九水三路。

辛酉乡举重逢，蒙赐御笔匾额"丹心黄发"四字，恭纪三十二韵

忆往咸丰季，重光作噩秋。

鹿鸣歌大地，鹤唳警吾州。

莫遂观光愿，徒为遁迹谋。

戎旃俄殄灭，岁毂已奔牛。

补点登龙额，高张荐鹗眸。

菲材占彙拔，晚进步前修。

甲第名旋添，辛年纪又周。

折腰安下位，强项笑同侪。

报最频书考，循资幸寡尤。

秦谋胡不用，陶径遂归休。

已分携锄老，何期侧席求。

紫泥征野服，黼座拜宸旒。

启沃依银阙，高寒近玉楼。

伊谁窥宝鼎，率尔失金瓯。

避世逃空谷，居夷托海陬。

尧城钦养晦，纶旟伫绥猷。

蝶梦思如昨，驹阴逝若流。

桂香初染手，花甲竟从头。

仙翰三霄下，沉鳞五体投。

天章倬云汉，圣藻焕奎钩。

黄发尊惭达，丹心誉愧优。

殊荣媲华衮，瑰宝胜琳球。

家有先皇赐，藏从远祖留。　先六世祖绍兴公①奉有圣祖御笔，至今宝藏。

珠联堪并仰，珍袭好同收。

追旧施弥渥，衔恩感莫酬。

惟祈天命永，克与古先侔。

旧物仍归夏，新泉不改刘。

攀霞趋午陛，谢泽驶庚邮。

更作无穷想，遥希异数稠。

虞阶四方格，羲驭十年遒。

璇室纶重降，琼林罦再浮。

还当铭盛遇，飏颂复赓讴。

①绍兴公：劳可式（1647—1716），字敬仪，号讱庵，清康熙八年（1669）举人，历官广东香山知县、湖广司员外郎、绍兴知府。

陈弢庵以咸丰庚申入学，上年复值庚申，御书"乐
泮重赓"额以赐，余中式补行咸丰辛酉清同治壬戌
乡榜，今年复值辛酉，御书"丹心黄发"额以赐，
弢庵有诗见赠，赋此寄之

二老遥天对鹤颜，夏家甲子数循环。

芹香南国君先撷，桂馥西泠我补攀。

魏阙江湖方远感，璇题瑶检乃联颁。

海滨梦断琼楼月，何日追随玉笋班。

劳山阴登窑村^①看梨花

杨柳风轻拂面吹，家山深处访幽姿。

霜凌绝壁三千仞，雪剪平原十万枝。

新麦几畦围翠浪，小桃一树衬丹脂。

归途更觉花光盛，正是斜阳欲下时。

日本鬼头君^②招饮藤花下

氤氲庭院绮筵张，好雨新晴昼正长。

覆案玲珑紫霞帐，提壶络绎翠云裳。

日斜射袂衣忘薄，花落浮杯酒觉香。

宾主无言同一笑，海滨岁月到羲皇。

①阴登窑村：位于青岛崂山区，旧设有武弁，为胶州汛地。
②鬼头君：即鬼头玉汝。见第170页。

戊午岁，杨定敷①同年以辛酉重赋鹿鸣之岁将届，同榜惟存与余二人，国变不复能膺盛典，有句致慨，余曾赋寄四绝句。今年辛酉同拜御笔之赐，再赋四章寄之

相期曾忆待三年，今日天章降日边。

太岁重光佳朕遇，会看羲皇驭先鞭。

君蒙仙桂誉重芳，我愧丹心奖发黄。

二百卅人存硕果，海滨二老远相望。

梁公嘉庆登华宴，汤相咸丰预锦筵。

先辈乡邦佳话在，且休宝佑仰前贤。　梁山舟②学士于嘉庆丁卯，汤文端公③于咸丰乙卯，皆重宴鹿鸣。

鹿鸣应共咏呦呦，惜莫开尊对白头。

好待重阳消息到，一杯遥举海天秋。

---

①杨定敷：杨晨。见第 153 页。

②梁山舟：见第 121 页。

③汤文端公：汤金钊（1772—1856），字敦甫，一字勖兹，浙江萧山人。清嘉庆四年（1799）进士，选庶吉士，授编修，历任礼部、户部侍郎，左都御史，礼部、吏部、工部、户部尚书之职。清道光十八年（1838）以协办大学士回任吏部。谥文端。

端阳赏芍药

岛山气寒，高孟贤所艺芍药，午日方盛开，与同人共赏，相约作此诗。

慢嗟婪尾送华年，金带围荣艾酒筵。
自是东皇能永祚，好春留待日中天。

补遗

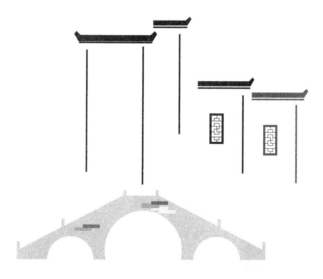

绸儿来书，以妇邵①四十生日乞诗，荣之赋此以示

邵子②我挚友，平生第一人。

惜哉早宿草，身后联嘉姻。

德音来括时，魏阙述妖气。

吾谋适不用，拂袖栖衡门。

双双鹿车返，荆布能安贫。

行年正二十，庭训夙饫闻。

习礼尤明诗，咏絮传清芬。

琴瑟唱随乐，甘旨晨昏勤。

我方缔家室，百务骈纷纭。

营居启土木，果腹谋米薪。

我出游诸侯，家事丛儿身。

门内得良助，堂构无艰屯。

岁月曾几何，儿女俄成群。

以养复以教，幼稚皆恂恂。

迄我再出山，内顾心无分。

神州猝极荡，九有嗟沉沦。

我垂明夷翼，遍播沧溟滨。

---

①妇邵：邵振华（1881—1924），一名在刚，字襄君，号绩溪问渔女史，安徽绩溪人，邵作舟之女，劳乃宣子劳绸章之妻。著有章回小说《侠义佳人》。

②邵子：邵作舟（1851—1898），名运超，字班卿，安徽绩溪人。幼随父居甘肃任所，后科举不顺，遂出幕于劳乃宣、李兴锐、李鸿章、陶模等。著有《邵氏危言》。

吾儿居不安，亦作惊鳞奔。

饥驱迹靡定，赁庑同苦辛。

屈指二十年，荏苒徂四旬。

糟糠共昕夕，含饴既抱孙。

昨来上书请，设悦期将臻。

乞我一言贶，荣幸侪华绅。

我思丁此世，何足娱罍樽。

转盼我八秩，亦必无所欣。

惟将无尽意，远期来日因。

愿尔忍须臾，伫睹日月新。

百六厄阳九，天运循转轮。

再过二十年，大地应回春。

群魔扫除尽，四海无烟尘。

举家还故乡，三径怡松筠。

曾元绕膝满，骨肉聚首亲。

回头话今日，鸿雪惟留痕。

乃先庆花甲，待我期颐辰。

昨以绹儿妇四十生日作诗，期以二十年后庆花甲。待我期颐，因思其时，绌女当八秩矣。复作此句，寄之相与一粲

昨示佳儿预想辞，闺中花甲我期颐。

果然汝正年登耄，好待归来共一卮。

赠齐枚臣

相逢倾盖小勾留，如此论交胜俗流。

余子岂能知我辈，仙人独肯为君谋。　乩仙赠诗训诫。

清樽北海三千客，豪气元龙百尺楼。

第一莫轻投笔去，书生谁道不封侯。

赠谢竹西 （似同治五年）

天将奇气借吾曹，白眼凭人笑缊袍。

把臂论心秋水淡，杭怀言志岳云高。

世间事要书生做，仙佛途非我辈逃。

从此下帷知努力，清才肯漫作诗豪。

八月十六日将旋曲阜，中秋与竹西坐共话有作兼呈 枚臣即以留别 （同治五年）

话到离群一黯然，萍踪小聚亦前缘。

闲中药后时箴我，世外苔岑欲问仙。

同此清贫堪自慰，谁能傲骨受人怜。

明朝便是天涯路，举首长空月正圆。

击节狂歌隔舍闻，何年风雨重论文。

一杯且共秋中月，匹马行看岱顶云。

视客作家家作客，惟君知我我知君。

学书学剑都非计，他日当空冀北群。

交到如兰味自馨，投来针芥各忘形。

能诗谢客头先白，下榻陈蕃眼独青。

几日勾留成旧雨，满怀块礧付沧溟。

临歧慷慨一挥手，莫问长亭更短亭。

寄怀戴缦笙表兄上海即和其送别元韵 （疑同治二年）

与君一别三千里，犹忆临歧慷慨歌。

努力各期来日远，相思惟愿寄诗多。

迢迢江海家山梦，草草干戈陆地波。

回首南天烽火暗，故人消息近如何。

匆匆一挥手，行色倍凄然。

磅礴宗生志，萧条子敬毡。

天涯八万里，沧海水三千。

何日重联袂，江南泛画船。

送施旭臣①南归

竟得还乡乐，天涯独送君。

胡山渺千里，犹有未归云。

惜别岂无恨，幽栖亦足欣。

分阴各珍重，聊以慰离群。

无题

寄语游春诸女伴，寻芳今日到林园。

榆钱满地无人晓，鹦鹉前头莫浪言。

---

①施旭臣（？—1890）：施浴升，字旭臣，以字行，又字柴明。浙江安吉人。为吴昌硕诗书师。后游北京，殁于旅次。著有《金钟山房诗文集》。吴昌硕为其整理出版《安吉施氏遗著》。

催妆二绝

录呈方家一笑，急就成章，不计工拙，尚祈正之。

听取鸾萧几度吹，玉尘知未画双眉。
愧无学士微云笔，击鼓休催却扇词。

月酣云暖十分春，举案何惭庑下人。
疏水家风应未远，相期荆布共清贫。

甲子六月二十五日将北上，书此留别静涵内子，即望正之

一鞭归兴上长安，好向秋风振羽翰。
记取当头明月夜，与君同倚画阑看。

不是天涯是故乡，莫因小别系离愁。
鹿车庆挽同归生，正好萱闱爱日长。

庚午春日之馆济南，长途无俚杂，得绝句六章，却寄静涵内子正之

饥来驱我去何之，如此韶光竟别离。
莫把将离嗔芍药，将离犹是未离时。

挥手征尘扑面黄，鞭怂帽影又斜阳。
年年此日销魂别，难道春来例断肠。

残灯孤馆欲眠迟，几处琵琶唱柘枝。
最是客怀听不得，歌声强半说相思。

吟鞭乍息砚田隈，乡梦迢迢逐雁回。
今夕灯前应屈指，计程几日有书来。

家书一纸遣词难，遑计开缄百遍看。
撩乱离愁无说处，强随常例报平安。

寄语加餐好自将，要凭珍重慰离肠。
刀环第一休轻盼，愈数归期日愈长。

庚寅春新纳姬人①，名之曰"清来"，赋诗赠之

迎得桃根打桨回，楚腰云祍称身裁。
莫嫌人比黄花瘦，自有清虚日日来。

太史清娱小字新，夜来从古号针神。
好拈刀尺红窗下，伴我书丛仰屋身。

---

①姬人：指牛氏，系劳乃宣于清光绪十六年（1890）所纳之妾。山东新乐人，原为知县周铁珊（1862—1937）婢女，次年即亡。

纳姬感赋①

云母屏深夜似年，妆台谁道见犹怜。
迷离旧梦浑难省，鬓影钗声总惘然。

论诗忆共绮窗春，少个添香捧砚人。
今夕孤吟红袖畔，瑶琴玉轸已成尘。

鸳瓦霜凝至漏迟，下帘重赋定情诗。
画眉深浅何须问，哀乐中年只自知。

佚题

桑乾昔于役，与君同苦辛。
奔走畚锸间，栉沐风雨晨。
一别岁月迈，相见渤海滨。
示我一幅图，神骨何嶙峋。
题咏遍卷轴，颂美杂沓陈。
皆云君自况，清操追前尘。
我闻清献贤，不独在能贫。
苟无益州政，琴鹤安足论。
君官二千石，万户徯抚循。
行看把一麾，四境熙阳春。
解剑买牛犊，荷来滋鸡豚。
坐使风俗美，化理如陶钧。

---

①此诗见诗存。

岂徒硁硁节，足以希先民。

我将归故山，去与麇鹿群。

许身稷契志，所望在故人。

努力宏建树，斯世方艰屯。

题左忠毅公①临命家书真迹用方植之②先生题句元韵

大舜孝于瞽瞍而天下之为父子者，今夷齐忠于殷辛，而千古之为君臣者定。昌黎《伯夷颂》所谓"特立独行，穷天地亘万世而不顾者也"。忠毅之忠于明，其此物此志乎？昌黎文曰："虽然，微二子，乱臣贼子，接迹于后世矣。"吾于忠毅亦云："然今日君臣之义，视若土苴，则忠毅此书固一庐顽立懦之木铎也。"谨怀方植之先生题，时年七十七岁，余今年亦七十七岁，或异堪为骥尾之附也乎。己未冬十月，桐乡劳乃宣识。

孤臣遄计体肤残，宗社惟蕲一日安。

尺素斑斑濡血泪，千秋留共赤心看。

---

①左忠毅公：左光斗（1575—1625），字遗直，号浮丘，南直隶安庆府桐城人。明万历进士，历官中书舍人、浙江道御史、左佥都御史。南明弘光时谥忠毅。

②方植之：方东澍（1772—1851），亦作东树，字植之，晚年自号仪卫老人，安徽桐城人。师事姚鼐，一生以授徒为生，客游四方。著有《昭味詹言》《汉学商兑》《待定录》等。

无题

军将有言，与贼战于邯郸，遇老人指导获胜，为卢生之灵，请奏加封号者，戏作一绝。

毕竟人间少将才，仙人亦被剡章推。
先生已醒黄粱梦，又有痴人说梦来。

温飞卿叠韵诗皆两句一韵、一句一韵，戏作四句一韵

果蓏颗颇夥，裹朵琐可簸。
螺蠃荷卵惰，坐妥堕我左。

天寒移菊入室中

一夜西风冷画栏，卷帘人瘦觉衣单。
屏山深处移花住，留取秋心共岁寒。

鲁人屑粟为糜，名曰"糊涂"，戏咏一绝

混沌犹存上古风，盐梅不和太羹同。
世间万事糊涂好，养我天真一饱中。

即事

婚礼文明簇簇新，一妻一妾效齐人。

忽忽八十三天梦，洪宪居然有后尘。

血史

刺客流风酿到今，史公编撰少精心。

春秋盗不尽名姓，始识尼山用意深。

恭祝诰封宜人程师母叶太宜人八秩大庆①

长养朱明盛，璇闱举鹤觞。

兰馨环锦砌，莱舞集瑶堂。

钟阜蕃鳌降，淮流庆泽滂。

诗赓白华洁，酒献碧筒香。

绕膝孙曾乐，承颜子妇忙。

含饴情蔼蔼，视膳色洋洋。

缅溯徽音懿，堪增彤史光。

高门隆建业，华胄启南阳。

立雪家承旧，分源世卜昌。

百年谐不二，海燕咏栖梁。

七子均如一，林鸠赋在桑。

堆盘甘苜蓿，举案薄膏粱。

---

① 诗存、诗稿题名为"祝程师母叶太宜人八十寿三十六韵"。

苹美方搴涧，松贞遽饱霜。

炊藜朝灶冷，画荻夜灯凉。

棣萼怡亲舍，芹芬撷上庠。

弹冠屈黄绶，捧檄喜珂乡。

莫道生涯薄，差欣定省遑。

晨昏勤不匮，左右养无方。

谁料横流决，俄惊逆焰张。

棘矜逐原鹿，弧矢失天狼。

鼙鼓逢逢震，欃枪睒睒芒。

龙潜犹在疚，鱼烂竟书亡。

恪守萱帏训，长吟麦秀章。

旨甘奉薇蕨，寤寐念苞稂。

善养心弥慰，闲居体以康。

杖抶臻大耋，帨设袭休祥。

箪饫黄齑饭，筵辞紫挂浆。

不知魏与晋，惟颂寿而臧。

忆逐诸生队，曾依数仞墙。

宣文频拜幄，元季每掎裳。

海国羁通播，方艰问橹樯。

江城歌燕喜，未获和笙簧。

好待虞渊日，重升黍谷旸。

万方咸拱极，九域尽尊王。

遐算期颐届，清时福履将。

再当来鞠膔，黼扆祝无疆。

书所见

由杭赴苏附轮航，后舱一僧与七八妇女占中舱，云自普陀烧香回。居中一榻，群以让僧，而环卧其侧。僧跌坐不寐，谈笑竟夕。

南海去烧香，归途趁夜航。

群雌横四面，一秃竖中央。

马桶依禅榻，袈裟拂绣床。

天人大欢喜，花雨散诸方。

乙卯九月挈子健省墓于济宁，邓子朴君赠予廨舍摄影，以志鸿爪，率题一绝

香凝画戟小庭空，髯也婆娑傲醉翁。

我愧渊明携幼至，与君同入画图中。

旅舍闻歌

残灯孤披欲眠迟，几处琵琶唱根枝。
最是客怀听不得，歌声强半说相思。

舟夜

山色深青水浅蓝，三更皓月印空潭。
清光只有离人赏，几处红楼梦正酣。

祝梁节庵①六十寿

旧岁弢庵授杖鸠，藏山甲箓此辰周。
白头共执虞渊辔，蹇蹇忘身孰与俦。

迩英退直启华筵，宸翰颁来带御烟。
堪羡居邻天尺五，依然黼扆满堂前。

松柏冈陵咏雅诗，惟君能不忝于斯。
后凋节与坚贞操，岂比寻常颂祷辞。

海角羁孤大耆嗟，举头魏阙九霄遐。
祝君平格膺天寿，再见神州庆一家。

---

①梁节庵：即梁鼎芬。

祝陈重远①母夫人六十寿

大哉尼山道，万古垂纲常。

时运遘阳九，蚁穴危堤防。

卓卓圣人徒，力挽颓澜狂。

盛会启阙里，枢轴依天阊。

太邱道何广，德星耀华堂。

堂上有寿母，周甲毫眉长。

设帨值良辰，西母鸾车翔。

峨峨上公邸，洙泗流馨香。

章缝作斑衣，舞蹈欢洋洋。

经籍为笙磬，歌诵音琅琅。

礼容粢俎豆，鲁酒称霞觞。

善养愈禄养，一笑慈颜康。

立身以行道，至孝在显扬。

圣训炳然存，何羡膏与粱。

努力扩大业，绝学崇素王。

尊亲遍覆载，锡类斯无疆。

祝吴彭秋②母夫人八十寿 己未

延陵仲子磊落人，不以公义徇私恩。

文若本是当涂客，毅然独拒九锡文。

---

①陈重远：即陈焕章。

②吴彭秋：吴筵孙（1875—1947），字彭秋，河南固始人。清末举人，父官直隶，遂居保定，后任工巡局总办、天津巡警督办、京师外城巡警总厅厅长。1917年张勋复辟，被任命为民政部左丞。

严霜终傲菊自洁，淤泥不染莲弥芬。

高堂尤钦有贤母，善养禄养能区分。

花明柳暗三月暮，介眉大耋开金樽。

亭亭竹柏仰高节，森森兰玉娱天伦。

忆昔尊公仕三辅，简书同畏偕恭寅。

南皮清泉沉李乐，樊舆赤县栽花新。

萧曹规随迹未远，前修步步跻后尘。

沧桑变后见雏凤，慈明无双堪负薪。

昨来海隅再拜请，愿征吉语归娱亲。

我有一说为子陈，萱闱夙昔承芝纶。

一成一旅今尚在，行看大运回鸿钧。

待到期颐庆设帨，五花再见颁枫宸。

定作新诗捧觞献，九如三祝歌千春。

秋草用渔洋山人秋柳韵悼亡姬

三径西风欲断魂，闲庭人去掩重门。

啼螀空忆裙腰色，倦蝶难寻步屧痕。

惟向玉阶啼夕露，慢从青冢吊孤村。

江蓠汀杜都憔悴，一任荣枯总莫论。

蕙折兰摧一夜霜，难寻旧梦到池塘。

碧丝刚然阒虚幌，素启俄怜弃胡箱。

蘅浦风清悲楚客，梧宫露冷感美王。

踏青巷陌春泥浅，犹记秋行积善坊。

开帘无复色侵衣，拾翠寻芳往事非。

日落茅城春去久，霜涛南有梦未归。

今看传雁三更下，虽见群莺二日飞。

莫咏青青河畔句，岁华摇落愿夕违。

女萝有托已堪怜，那更随风陨暮烟。

塞外滦生云莽莽，江南岁晚雨绵绵。

关山有梦空千里，庭院无人又一年。

绕遍房栊蓁以绿，模糊行迹曲栏边。

无题

鸟声隔院时闻换，树色当窗日见浓。

闲插瓶花参画意，特栽窗柳助诗情。

补行咸丰辛酉并清同治壬戌恩科 试帖诗①

赋得红树碧山无限诗　得诗字五言八韵

无限登临意，苍茫自咏诗。

寄情红树回，得句碧山知。

枫落吴江日，梅探庾岭时。

百篇新稿富，千里壮游奇。

霞影晴烘目，岚光爽扑眉。

客怀和梦淡，吟兴与秋期。

----

①试帖诗：见于顾廷龙所编《清代朱卷集成》。

蜡屐携樽远，奚囊策杖随。

蓬瀛欣在望，赓拜仰彤墀。

清同治十年辛未会试 试帖诗

赋得移花便得莺 得移字五言八韵

莺与花为友，相依处处随。

偶然和露种，便得共春移。

接叶云微护，培根雨渐滋。

书墙应暗记，出谷莫嫌迟。

锸荷双肩耸，幡挑半面欹。

乍迁新选树，不恋旧栖枝。

亚竹开初遍，携柑听最宜。

上林如锦绣，愿到凤凰池。

劳山词存

　　余幼习倚声，少年所作，举于辛亥金陵之变，失去记忆，搜罗所得无几。录存于册，以近岁所作继之。

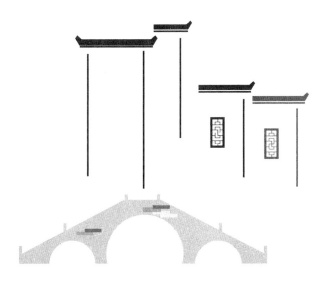

青玉案

渡微山湖

澄湖一碧初晴后。任镜里，轻帆骤。极目长空何所有。荷花落尽，鸳鸯不见，秋在濛濛柳。

天涯客感今番又。说与西风定知否。谁共消凝当此候。夕阳欲下，烟波无际，人比青山瘦。

清平乐

皂河夜泊

露浓夜久。秋意侵襟袖。隔岸微风梳短柳，波面月痕凉皱。

举头星汉横斜。孤舟迢递天涯。今夕客衾如水，定知有梦还家。

唐多令

春梦正温磨。惊回梦里身。乍朦胧、梦影犹存。六曲屏山寻梦远，怀旧梦，总如新。

是梦本难论。思量比梦真。到而今、梦也无痕。欲话梦中当日事，浑不见，梦中人。

祝英台近

途次寄内

雨声疏，风力碎。萧瑟打蓬背。倦旅天涯，此际客怀最。料他蕙被禁寒，兰缸照梦，也尝到、伤春滋味。

几回悔。不如不订归期，离情尚堪慰。争似番番，赢得镜边泪。而今杨柳愁深，海棠信浅，又添了、一般憔悴。

红情

水中花影

钓潭一碧。是几时幻作，氤氲香国。唤起洛妃，镜里春风那堪折。遮莫迢迢逝水，流不尽、优昙空迹。任叶底、唼遍游鱼，蜂蝶慢轻觅。

幽寂。印皓魄。写淡墨数枝，演漾如织，暗云易隔。争比波心好颜色。池上谁窥素貌，应怜我怜卿同惜。渐万点，漂罢也，绿阴又幂。

绿意

水中树影

湖天漠漠。讶碧摇两桨，穿入丛薄。空翠迷离，染遍空明，苍云乍满幽壑。丹枫江上渔火晚，认网底、珊瑚依约。渐夕阳、红湿梢头，返映岸边林角。

犹忆横塘唤渡，柳丝荡漾处，柔浪低濯。叶密藏鸥，枝亚通鱼，不共轻萍漂泊。回波上下成连理，慢惆怅、绿阴如幄。尽胜他、憔悴江潭，凄绝汉南摇落。

疏影

往时寄内有词云：一样帘栊，今宵别样黄昏。内子深赏之，讽咏不去口，不谓俯仰之间，已成陈迹。凉宵孤坐，触予怀有不能已于言者。泉下人其知之耶，其不知耶。

风清玉宇。问步虚缥缈，环佩何处。耿耿银潢，脉脉双星，依然相望终古。仙家本自无情惯，笑岁岁、心香空炷。乍飞来、缺月窥人，错认旧时眉妩。

又是兰缸地了，凉蛩满四壁，同写凄楚。一样帘栊，别样黄昏，记得当年曾赋。那知今夕帘栊下，更赢得、黄昏如许。纵泪痕、湿到重泉，谁赏断肠新句。

沁园春

水眉

蝤首清扬，蝉翼扶疏，春痕浅笼。尽眉山低衬，不教偶蹙，额黄深护，未放轻融。茧尾双卷 平声 ，蝶须对掩，绮样年华晓镜中。新寒甚，看貂茸裹处，难觅遥峰。

有时斜掠云松。飏一抹微烟顺好风。更午眠乍醒，犀梳重拂，晚妆初卸，鸦鬟齐通。自有斾垂，无劳黛染，那借张郎画笔工。知何日，把螺鬟上了，艳影都空。

扬州慢

虎丘感旧

暮棹寻烟，春衣试暖，夕阳红过桥东。望巍然一塔，正独倚晴空。问旧日、楼台何在，画船箫鼓，梦影朦胧。剩贞①娘暮草，萋萋绿遍东风。

坠欢渺渺，算闲鸥、曾识游踪。甚紫塞餐霜，燕然踏雪，辜负吟筇。陌上翠钿谁拾，垂杨外、油壁希逢。送归艎、流水栖鸦，几杵疏钟。

①贞：《韧叟词存》（下称"词存"）中为"真"。

213

摸鱼儿

还乡题新居

结吾庐、碧梧乡里，清流曲曲回抱。衡门镇日无冠盖，绿遍半庭芳草。聊寄傲。种密竹、疏花次第供吟料。长廊漫绕。有屈折雕栏，弯环藓径，花外一亭小。

春畦畔，菜甲香凝露晓。何曾与我同饱。黄绸衙鼓平生梦，回首白云茫渺。还自笑。笑此日黄粱，方熟邯郸道。归来总好。算四壁书城，三椽水榭，堪向个中老。

洞仙歌

甲辰秋陶斋①抚部权江督，以莫愁小像画卷施于湖上庵中，属题。卷中有袁简斋②香亭③题咏。

湖光如鉴，映云鬟雾鬓。尺幅烟波有遗韵。看仓山、诗老叶遍埙篪，图画里、恍睹承平金粉。

板桥斜日冷。十里秦淮，流水栖鸦更谁问。检点付精蓝，继迹坡仙，与玉带山门同镇。待他日、双旌再来时，向莲界莼乡，好寻鸿印。

---

①陶斋：即端方，号陶斋。见第118页。

②袁简斋：袁枚（1716—1798），字子才，号简斋，浙江钱塘（今杭州）人，清乾隆四年（1739）进士，授翰林院庶吉士。著有《小仓山房文集》《随园诗话》等。

③香亭：袁树（1730—?），字豆村，号香亭，浙江钱塘（今杭州）人，袁枚堂弟。清乾隆二十八年（1763）进士，任广东肇庆知府。著有《红豆村人诗稿》。

蝶恋花

九日登半山寺同杨子勤①作

万木森森岚翠重。高拂残阳，百尺桥②柯耸。钟阜烟鬟云外拥。迷离五十
年前梦。

我已青鞋栖故陇。笑谢山灵，休更移文讽。但有白衣尊酒送。年年醉把茱
萸共。

摸鱼儿

应召入都，杨子勤以词赠行，依调寄答

乍飞来、鹤书尺一，北山松桂腾笑。卅年尝透黄粱味，那更梦云萦绕。浑
未料。又投足、软红十丈长安道。征帆路杳。剩逸韵霞骞，新词雪洁，袖里故
人稿。

觚棱近，载笔还邻凤沼。花迎剑佩星晓。漫云避世栖金马，聊与侏儒同饱。
秋信早。问莼菜鲈鱼，何似江乡好。几时重到。向扫叶楼前，翠微亭③外，共
放莫愁棹。

---

①杨子勤：即杨钟羲。见第179页。

②桥：词存中作"乔"。

③扫叶楼、翠微亭：南京名胜，楼系清初诗人龚贤故居，亭在城南白鹭洲。

摸鱼儿

自题釜麓归耕图

傍西畴、青山几叠，油然肤寸云厚。耰锄未习呼儿学，也自禾生长亩。秋稼茂。任塍畔、秉遗穗滞喧村妇。归来瓮牖。正椎髻炊粱，垂髫剥豆，庭树夕阳瘦。

前尘近，乍忆銮坡待漏。晨星方挂宫柳。沉沉紫禁龙颜远，负扆图开朝右。歌麦秀。又谁料、琼楼玉宇今非旧。丹青知否。剩黍野心摇，觚棱梦断，陇上独搔首。

绿意

题成子蕃①明湖问柳图。清同治间曾游明湖，今已四十余年矣。近又将有山左之行，剩水残山，不堪回首，披图成咏，感慨系之。

浓青四幂。蔼渚烟万树，晴影如织。北海情②欢，载酒探幽，云山共荡吟魄。渔洋去后鸥波冷，更孰咏、玉关哀笛。展画图、回首游踪，恍认向人秋色。

犹忆繁阴系艇，舞空暮、絮暖吹满瑶席。谁料沧桑，一霎罡风，扫尽灵和陈迹。飞鸿又待寻泥爪，再打桨、湖天寒碧。试绕堤、攀问柔条，可记昔年狂客。

---

①成子蕃：成昌。
②情：诗存中作"清"。

清平乐

题沈太侔①楸阴感旧图

青幢紫盖。细雨浮烟外。枝上新花春蔼蔼。可似旧花情态。

有人负手花前。山阳笛韵凄然。一掬铜仙清泪，画图不是当年。

浣溪沙

王定国②有姬人寓娘③，从定国谪迁海南，归，坡公问广南风土，应是不好？对曰"此心安处便是吾乡"。坡赠以词，有云"试问岭南应不好，却道此心安处是吾乡"④。余遁居涞野，妾潘氏⑤颇能安贫操，词以励之。

定国南迁有寓娘。此心安处是吾乡。清风千古远相望。

晴陇新霜朝劚薯，寒厨夕照晚炊粱。蓬门还胜绮罗香。

---

①沈太侔：沈宗畸，字太侔，号孝耕，晚号繁霜阁主。广东番禺（今广州）人。清光绪十五年（1889）举人。任礼部祠祭司。光绪、宣统之交，曾于北京创"著涒吟社"，刊行《国学萃编》。著有《东华琐录》《繁霜词》《便佳簃杂钞》《晨风阁丛书》等。

②王定国：即王巩（1048—约1117），字定国，号介庵，莘县（今山东）人。禄恩荫补为校书郎，累官大理评事，迁太常博士，因受"乌台诗案"牵连，被贬谪至宾州（今广西宾阳）。著有《甲申杂记》等。

③寓娘：即宇文柔奴，王巩家中的歌妓。

④此词为苏轼所作《定风波·南海归赠王定国侍人寓娘》。

⑤潘氏：系劳乃宣妾。

摸鱼儿

自题劳山归去来图①

峙沧溟、万峰环翠，先畴遥溯千古。雷声电影飙轮疾，载得萧然家具。聊赁庑。更莫道、山川信美非吾土。高风远数。问迷路逢萌，餐霞李白，遗躅可容步。

南云邈，闾井方丛豺虎。周京又感禾黍。江湖魏阙都成梦，蹙蹙我瞻何所。谁与语。浑不料、有人重译谈邹鲁。归来且赋。愿蠹简埋头，鲸波洗耳，长向画中住。

卜算子

夜窗即目

月在碧云间，云在青山半。隐隐楼台悄隔林，几点疏灯灿。

此景欲图难，画手谁能擅。且写清光入句中，便作图中看。

---

①此词列入清末夏敬观《忍古楼词话》。

摸鱼儿

余癸亥岁就姻曲阜，居甥馆者三载。甲寅重到，屈指逾五十年矣。畴昔侪辈，无一存者，当时童子，今俱白头。悼亡已二十余年，复过妇家旧居院落，早割典他氏，触绪兴怀，不自知其辞之悲也。

乍重来、氄氄一鹤，依然城郭如许。回头五十年前梦，历历爪痕堪数。寻故侣。尽华屋尘凝，宿草斜阳暮。苍茫四顾。剩在昔黄童，而今白叟，握手钓游溯。

门庭冷，犹记婿乡曾住。玳梁栖燕双羽。画眉窗又银墙隔，不见旧梳妆①处。空自语。问环佩魂归，可认相携路。浮生电露。纵我欲忘情，谁能遣此，无那断肠句。

八声甘州

癸丑之冬，自涞水移家青岛，骆湟生②绘赠胶澥归帆图，意欲题咏，因循未果，兵事作矣。仓卒迁居阙里，暇日展视，感慨系之。题此并寄湟生于京师。

记乘槎渤澥问家山，扶桑日轮红。正蓬莱清浅，千峰环翠，浩浩长风。多谢故人笔妙，收入画图中。持赠离亭下，吐气如虹。

谁料惊涛忽起，变战云扰攘，血染群龙。又灵光址畔，草草泊萍踪。展溪藤、重张素壁，剩卧游、相像海天空。长安远、写愁吟罢，矫首征鸿。

---

① 妆：词存作"台"。
② 骆湟生：即骆成昌。

琵琶仙

刘聚卿①得唐宫乐器大小两忽，雷绘枕雷图属题

零落檀槽，问经过、几度昆明尘劫。谁省天上霓裳，唐宫旧曾习。空博得、骚人吊古，谱幽怨、曲终衫湿。梦鹤新词，云亭雅韵，都化庄蝶。

算清福、应让刘郎，乍探取、骊珠入湘笈。还喜失群沉剑，也延津云合。呼小字、桃根姊妹，好酒边、对试银甲。聚卿字二妾以大雷小雷 独怅凝碧弦哀，露盘仙泣。

水龙吟

自题《归棹埙篪》②

早年入洛机云，豪襟胜概谁能似。峙荚河浒，栽花下邑，简书同畏。五斗妖兴，吾谋不用，萧然归矣。恰轻帆联发，对床约践，齐消受，莼鲈味。

久别青山无恙，乍重逢、吟情霞起。埙篪伯仲，唱予和汝，韵随流水。可惜鸥乡，三间屋就，荆枝憔悴。认赓酬如昨，蟫编展处，湿鸰③原泪。

---

①刘聚卿：刘世珩。
②该词名在《归来吟》中作"调寄水龙吟"，后署"无功老人自题"。
③鸰：词存作"鸰"。

醉翁操

自题《归林余响》①

归休。悠悠。何求。我心忧。谁尤。离离黍苗悲宗周。暮林栖鸟知投。音尚留。白云自行讴。问郢中、有人和不。

昔年放棹，酬唱优游。即今独往，无复埙篪迭奏。搴夕芳兮椒邱。啸落霞兮奚俦。萧条王粲楼。孤吟聊夷犹。浩荡没沙鸥。逝将消此千古愁。

望江南

兖州②道中

春郊外，朝日漏云中。新麦一畴青线毯，夭桃千树锦屏风。鞭影莫匆匆。

---

①该词名在《归来吟·归林余响》中为"调寄醉翁操"。
②兖州：今为山东济宁市下辖兖州区。

一萼红

登鲁故城①用白石韵

趁微阴。背西风搔首，短发不胜簪。沂涘波明，雩坛树回，弥望暝色将沉。絜童冠、问循故垒，渐迤逦、高举出飞禽。元圣遗封，鲁侯旧壁，聊此登临。

极目秋空无此②，念琼楼天上，难寄遐心。魏阙云茫，尧城霭暗，谁认阊阖千寻。记曾渡、萧萧易水，问荒台、何处吊黄金。只怅羲轮莫回，蒙谷遥深。

唐多令

门前书所见

松径辟荆柴。清阴覆峭厓。抱闲门、草绿环阶。海色山光同一碧，空翠遍，扑人来。

游女探花回。花枝拥满怀。问缘何不簇钿钗。坦坦沙堤车缓缓，与人影，共徘徊。

---

①鲁故城：即周代鲁国都城遗址，位于山东曲阜市区。周成王封周公旦长子伯禽于鲁，建都于此。

②此：词存中作"际"。

东风第一枝

题刘伯绅一松一石图，一松指柯凤孙①学士，一石自喻也

雪凛苍髯，霜侵傲骨，寒威方满穹宇。后凋惟有孤枝，独立但余劲础。浓桃艳李，笑早尽、摧残风雨。仗健笔、写入银笺，介节贞操如睹。

栖日下、邵陵艺圃。潜市上、海滨行贾。当年绮陌鸣呵，都是俊游旧侣。沧桑换了，甚落得、白云为伍。好证取、一片冰心，永与画图千古。

忆旧游

春日寄怀骆湟生②涞水

正鲸波日蔼，豹屿风柔，春到天涯。念我伤春侣，认四松门巷，五柳人家。隔墙一枝红杏，应放两三花。问花下诗翁，清吟兴味，似昔年耶。

桑麻。每同话，记把酒开轩，郭外山斜。梦影依稀在，想飞鸿爪迹，还印平沙。莫赓渐离遗韵，易水咽悲笳。剩目断燕云，虞渊返照栖暮鸦。

---

①柯凤孙：即柯劭忞。
②骆湟生：即骆成昌。

摸鱼儿

重返青岛再题劳山归去来图

认家山、群山山外，依然黛染如画。浮空海色涵山色，山海莫分高亚。聊慰藉。凭报与山灵，我又归来也。孤吟和寡。只波上闲鸥，林间倦鸟，相对旧游话。

沉冥意，犹剩溪藤曾写。茫茫谁是知者。空余一掬铜仙泪，还向沧溟重洒。残照下。问可有、鲁戈挥日回三舍。东皋啸罢。尽矫首璇霄，帝乡安在，委命且乘化。

苏幕遮

岛居即景

日衔山，天接水。天半朱霞，印入清波底。返映青山山色紫。透过群松，送到疏窗里。

动诗情，生画意。试问红尘，何处能逢此。莫把流离嗟琐尾。且向空山，饱享餐薇味。

八声甘州

重返青岛再题刘幼云潜楼读书图

记年时示我读书图，层甍峙东溟。费空中想象，吟成长句，题向丹青。订有再来夙约，息壤质山灵。今果鸥盟践，一笑河清。

把臂登临纵目，喜缥缃无恙，云物分明。奈金人铅泪遍①，又露盘倾。念高寒、琼楼玉宇，问华胥、何日梦重经。同搔首，帝阍不见，望断苍冥。

瑞鹤仙

刘伯绅将营园林于卫源书来征题用白石韵

经营泉石，征新咏、书来快慰离索。白云在望，清淇几折，夏峰一角，襟怀不恶。也休说、生涯淡薄。看楼台、华严即现，弹指释冥漠。

我愿偕良友，杖策探幽，引杯寻乐，共携小榼，访陶家水边篱落，且订鸥盟，倩梁燕、林莺记着。等何时、鹤警定了，践此约。

此调为白石自度腔，又名"凄凉犯"，万红友《词律》谓首句陌字是韵，案陌韵与通首觉药韵不协，玉田作首句"萧疏野柳嘶寒马"，亦不用韵，故不从之。

---

① 遍：词存作"偏"。

长亭怨慢

　　题蒋孟蘋密韵楼用草窗韵（蒋君孟蘋①富于藏书，得宋椠周公谨②《草窗韵语》诗集，为罕睹之本，颜其楼曰"密韵"，绘图征题，爰作此解，用草窗韵）。

　　问苍莽，薋州何处，笛谱遗音，尚留寰宇。蜡屐寻诗，但余遐想旧吟趣。缥缃珍聚，犹惜少苕溪句，剑气出丰城，乍寸简胜他多许。

　　延伫，对牙纤玉轴，不羡翠楼朱户。新名署罢且高咏、仲宣悲赋。念夙昔四水潜踪，早嗟剩愁鹃相语。甚此日情怀，同见金仙啼雨。

---

　　①蒋君孟蘋：蒋汝藻（1877—1954），字孟蘋，浙江湖州南浔人。著名实业家和藏书家。系蒋祖诒（字谷孙，1902—1972）父。

　　②周公谨：周密（1232—约1298），字公谨，号草窗，浙江吴兴（今湖州市）人。南宋末任义事令，宋亡后不仕。著有《草窗韵语》《齐东野语》《武林旧事》等。

醉翁操

题朱古微①疆村校词图前承题《劳山归去来图》即用此调，依调酬之

然藜，稽疑，研几，仰而思，通微。完然鲁鱼胥芟夷。溯唐沿宋无遗，垂董帷。蠹简遍搜奇，自曝书以来更谁。

日归尺幅，曾荷荃题。展君锦轴，如睹敲商订征。赓梦窗兮莺啼，考草窗兮苏堤，笺诠皆色丝。充楹细绨。眼福远相希，觊将贻我当一觚。

调寄洞仙歌

娥池月淡，认得旧时眉印，香雾清辉渺难问。剩齐纨，几叠写断秋魂，重展省，玉宇高寒风紧。

披图生百感，凄绝鹍弦。两度余音在瑶轸。佳话记从头，妆阁营书，比沽酒，拔钗还韵。算今日玲琅百城多，料未抵红窗，一编灯烬。

---

①朱古微：朱祖谋（1857—1931），原名孝臧，字古微，一字藿生，号沤尹，又号疆村。归安（今浙江湖州）人。清光绪八年（1882）举人，翌年成进士。改庶吉士，授编修。历充国史馆协修、会典馆总纂总校、江西副考官、会试同考官。升翰林院侍讲，充日讲起居注，累迁侍读庶士、侍讲学士。辛亥革命后，以遗老自居，以校书、著述自娱。著有《玉湖跌馆诗存》《疆村弃稿》《疆村语业》，编有《疆村丛书》等。

调寄八声甘州

梦湘子

记香尘，十里走钿车，琼窗按红牙。又短衣孤剑，乱山危骑，独去天涯。落絮卷春无影，梦断碧云斜。旧日华堂菩，今日谁家。

吟遍宫沟冷叶，望重城不见，但见飞沙。尽悲凉心事，分付暮啼鸦。把东风，当时错怨，算人间，无地种琼花。今古恨。青衫湿尽，不为琵琶。

丙戌四月在任邱县西关店壁 庚寅正月十九日抄

望江南

书所见

平沙路，翠盖覆红妆。松罩钗光鬟是雾，斜拖屐齿足如霜。广袖趁风飏。

附录

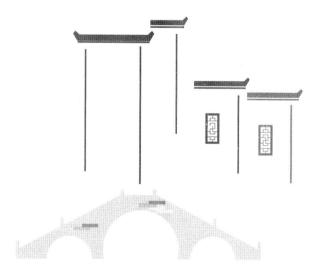

附录1:《清史稿·劳乃宣传》列传二百五十九^①

　　劳乃宣,字玉初,浙江桐乡人。清同治十年进士,以知县分直隶。查涞水礼王府圈地,力请减租苏民困。清光绪五年,初任临榆,日晨起坐堂皇治官书,启重门,民有呼吁者,立亲讯之,使阍者不能隔吏役,吏役不能隔人民。其后居官二十余年皆如之。曾国荃督师山海关,檄司文案。历南皮等县,畿辅州县遇道差,咸科于民有定额,而官取其赢。乃宣任蠡县,值谒陵事竣,赢支应钱千余缗,储库备公用。任完县,购书万余卷庋尊经阁。任吴桥,创里塾,农事毕,令民入塾,授以《弟子规》《小学内篇》《圣谕广训》诸书,岁尽始罢。先是宁津奸民陈二纠党为州郡害,土人称曰"黑团",势甚炽。尝至南皮劫杀,乃宣会防营掩捕,擒陈二及其党数人磔于市,黑团遂绝。

　　二十五年,义和拳起山东,蔓延至直、东各境,乃宣为《义和拳教门源流考》,张示晓谕,且申请奏颁禁止,不能行。景州有节小廷者,匪首也,号能降神。乃宣饬役捕治,纵士民环观,既受笞,号呼不能作神状,枭示之,匪乃不敢入境。明年,拳党入京,乃宣知大乱将作,适调吏部稽勋司主事,遂请急南归,浙抚任道镕延主浙江大学堂。寻入江督李兴锐幕,端方、周馥继任,咸礼重之。周馥从乃宣议,设简字学堂于金陵。初,宁河王照造官话字母,乃宣增其母韵声号为《合声简字谱》,俾江、浙语音相近处皆可通。三十四年,召入都,以四品京堂候补,充宪政编查馆参议、政务处提调。

---

①录自《清史稿》第四十二册,中华书局1977年点校本。

清宣统元年，诏撰经史讲义，轮日进呈，疏请造就保姆，辅养圣德。二年，钦选资政院硕学通儒议员。法律馆奏进《新刑律》，乃宣摘其妨于父子之伦、长幼之序、男女之别者数条，提议修正之。授江宁提学使。三年，召为京师大学堂总监督，兼学部副大臣。逊位议定，乞休去，隐居涞水。时士大夫多流寓青岛，德人尉礼贤立尊孔文社，延乃宣主社事，著《共和正解》。丁巳复辟，授法部尚书，乃宣时居曲阜，以衰老辞。卒，年七十有九。

　　乃宣诵服儒先，践履不苟，而于古今政治、四裔情势，靡弗洞达，世目为通儒。著有《遗安录》《古筹算考释》《约章纂要》《诗文稿》。

附录2:《诰授光禄大夫劳公墓志铭》①

柯劭忞

清宣统改元,执政大臣持新法,而用夷变夏,以新刑律为尤甚。时则有守正不阿之君子,曰"桐乡劳公",独侃侃力争,与法律馆诸臣相驳难。公之言曰:新刑律有妨于父子之伦、长幼之序、男女之别者,吾不敢曲徇也。公为宪政编查馆参议官,兼资政院硕学通儒议员,争其事于编查馆,不听则建议于资政院,以得票多议得伸,适议事之刻已毕,公又出为江宁提学使,未及修正,于是新刑律卒颁行天下。

公抵任,旋受总督命,至京师参预外省官制,擢大学堂总监督署学部副大臣,骎骎向用矣。而国事不定,奸人乘间谋篡窃。公知事不可为,乃请假出都,时清宣统三年十月也。

先是,公官于直隶,历任南皮、完县、吴桥知县,又摄临榆、蠡县,勤民而爱士,为当时循吏第一。而在吴桥平义和拳之乱,功尤著。义和拳起山东,蔓延直隶,以仇天主教诳愚民。清光绪二十有六年,吴桥乡民毁教堂,聚众数百人。山东义和拳之魁,公自率防兵捕之,党徒溃散,获其魁。公坐堂皇,试其禁术,不验,斩以徇,不浃旬,而乱定。公上书总督,请防未然之患,寝不报。未几,义和拳入京师,王大臣信其诳,远近相延为乱。公遂以回籍修墓去官。三十有三年,始用大臣荐,召公入觐,温谕稠叠,以四品京堂候补,未逾

---

①录自闵尔昌:《碑传集补》,上海人民出版社2003年版。

年而跻卿贰。然国步既濒，公又以不得其言而去。公尝勘王府图地于涞水，凡家奴诬占者，悉返于民。总督依违其事，不尽从公勘也。至是公出都，侨涞水，县人扶老携幼迎于道左。已而德意志人卫礼贤建尊孔社于青岛，请公讲《易》。卫君北面受学，公乃移家海上，以著述自娱。公博通经史，著书数十万言，以卫正屏邪为己任。辛酉，为公举于乡之岁，同乡士大夫援故事奏闻，上亲洒宸翰赐额曰"丹心黄发"，呜呼！尽臣謇謇之忠，天鉴之矣！公其可以无憾。

公讳乃宣，字玉初，晚自号韧叟。先世本山东阳信人，至公祖考始占籍浙江桐乡。曾祖考树棠，江苏督粮巡道，妣李夫人。祖考长龄，候选郎中，妣韦夫人、陈夫人。考绩成，赠通奉大夫，妣李夫人。本生考勋成，江宁布政司仓大使，妣沈夫人。公清同治十年进士，就由知县累官大学堂总监督，召为法部尚书。生于清道光二十三年九月二十三日，卒于辛酉年六月十七日，享年七十有九。配孔夫人，先公卒。妾潘氏。子二：绚章，孔出；健章，潘氏出。女四，缃适曲阜孔繁淦，纺适秀水陶葆廉，綝适宝应刘启彬，缋适嘉兴沈颖。孙元裳、元朝、元干、元果。女孙萃适曲阜孔祥勉，茹、殷。绚章兄弟致公之丧于苏州，卜葬有期，来请铭，劢忝忝公执友，不敢辞。铭曰：

猛狂盗柄邦国圮，剿绝彝伦裂纲纪。

洪水猛兽孰逾此，辞而辟之惟君子。

余岂好辩不得已，施虽不究昭盲否，

伐石勒铭名千祀。

附录3:《桐乡劳玉初先生小传》^①

陈训慈^②

　　甲午以还,兴学自强之说盈朝野。吾浙得风气之先,身为教育导率者,夥颐难数。而一生乐育为怀,且倡言文字改革以宏教化之效者,一时尤推桐乡劳先生。先生讳乃宣,字季瑄,号玉初,别署矩斋,晚号韧叟;先世本山东人,至先生之祖父始占籍浙江桐乡。先生幼沐家教,好学如出天性。清同治四年中乡试,十年成进士,先后补直隶南皮、完县、吴桥知县,又摄篆临榆、蠡县及清苑,兼理保定府同知。勤政爱民,屡荐卓异。在吴桥任最久,兴学阜农,民戴其德。会义和团乱作,京畿附近各县相继骚动,先生出示严禁,继又剿诛党羽,屡疏请禁。以忤于权贵,去官;选授吏部主事,请假南归,浙晋鄂诸省督抚争辟,皆不就。盛宣怀等方设南洋公学于上海,延先生任总理 清光绪二十七年,以病辞,居杭州。初浙江已设求是中西书院 清光绪二十三年事,讲西学,总理陆懋勋慕先生名,延为监院,后遂继总理任;已而诏改书院为大学堂 清光绪二十七年十月改为浙江求是大学堂,二十八年又改称浙江大学堂,复改为浙江高

---

　　①此文见《文澜学报》第一期。

　　②陈训慈(1901—1991):字叔谅,慈溪官桥村(今余姚三七市镇)人。陈布雷弟。1924年毕业于国立东南大学,历任上海商务印书馆编译所编译、中央大学史学系讲师、浙江大学史地系教授。1932年任浙江省立图书馆馆长。新中国成立后,历任浙江省政协一至六届委员、民盟浙江省委顾问、浙江省文物管理委员会主任委员、浙江省博物馆图书资料室主任、浙江省地方志学会顾问等职。工古文词,尤精历史,著有《五卅惨史》《世界大战史》《晚清浙江文献述概》等。

等学堂 二十九年夏 ，先生先后任监督凡三年，其施教以经义为主，中外政治诸艺为辅，学者翕然，旋辞去。 二七（应为十）九年约其婿陶葆廉为协理，夏以病辞，由陶兼代，次年遂受命继其任。 会浏阳李勤恪兴锐督两江，聘先生佐幕事，历任督抚皆倚重之。三十年八月，先生至金陵，逾一月李殁。周馥继任江督，仍佐幕；三十二年端方继任，仍相留如故。其倡简字，设简字学堂，尤开一时之风气云。清光绪三十三年，因大臣荐召，与缪荃孙、汤寿潜等同入觐，次年抵京进见，以四品京堂候补，任宪政编查馆参议，兼内阁政务处提调事。清宣统改元，选资政院硕学通儒议员，理藩部咨议官。在馆院时，以新刑律多与伦常抵违，争之甚力。既而调江宁提学使，清宣统二年，复以资政院开会应召入京，在法制院参预外省官制。旋授京师大学堂总监督，兼署学部副大臣。会革命军兴，清帝逊位，先生遂罢去，隐居涞水。先生以清宣统三年八月北上，即闻武昌起义之事，授大学堂总监督已在十月，翌月署学总事，其时大势已去，甫到任，逊位之议已定矣。时德国学者尉礼贤研讨中国学术，设礼贤书院于青岛，讲中国经学。清社既屋，遗老多避居其地，相与设尊孔文社，因招先生往主其事。自是日与尉氏讲论，后进颇有就问学者，旋以避战乱去之。时袁世凯任总统，隐与诸遗老相结纳，聘为参政院参政。民国三年，固辞不就，见与徐菊人请代辞诸书，往来南北，以著述自娱。民国六年，张勋拥溥仪复辟，任伪朝法部尚书，比事败，复遁居青岛。先生自以及事清室，不改其节；顾跼与复辟，訾诽共和，识者叹为盛名之玷焉。民国十年六月，先生卒于青岛，享年七十有九（生于清道光二十三年，即一八四三年，卒于民国十年即一九二一年），葬于苏州。娶曲阜孔氏，妾潘氏。子二，绚章字阇文，健章字笃文。女四 长女缃适曲阜孔繁淦，次纺适秀水陶葆廉，次缜适宝应刘启彬，次纲适嘉兴沈颎，即曾植子。

先生一生从政时多，而笃学博览，于经史性理礼制刑法历算教育，以逮中外时事大势，靡不究心，多所通晓。于算学尤有特嗜，任邑宰时，辄以政暇治筹算，卒能阐明久湮之法。尝谓"古时筹算之术甚精，顾自珠盘兴而筹之用渐废，西法盛而筹之用遂绝"。乾嘉诸儒治历算者，于筹法犹未为疏证。乃依古说揣摩，制筹以事参验，因悟九章诸术，以至天元正负开方，皆为筹法。偶以教人，虽乘方之繁赜，正负数之纠纷，初学亦顷刻可解 见《古筹算考释》序，乃先后著《古筹算考释正续编》《筹算浅释》《筹算分法浅释》《筹算蒙课》《垛积筹法》

等书。其后合孔庆霁 孔庆霁庆霭兄弟从先生治筹算 所著《衍元小草》刊之，曰《矩斋筹算七种》。自谓千古良法，湮而复彰 见上书序。时人亦称世之知有古筹算，自先生之书始 见《矩斋筹算七种·吴汝舟序》，惜乎传授不广，后之人未有推衍其学者也。

先生历宰诸邑，好以兴学为务。其在吴桥，重兴莲池书院，聘贵筑黄子寿 彭年 主讲，严立学规，人才蔚起。复广设里塾，所造就尤众。归桐乡原籍，曾主讲桐溪书院。其后在杭州主持大学凡三年，复督学江宁，皆谆谆以启导为乐。而处时忧危，熟筹匡济，尤以为国之大患，在乎民智否塞，因力倡普及众民之教育，便捷识字之途径。盖综其一生，无时不以教化为己任云。先生之言曰："先王之制，家有塾，党有庠，术有序，国有学，学序庠皆所以教秀民，以备国家之任使也。家之塾，则所以教凡民，使人人知为人之道也。今天下皆设学，郡邑又往往建书院，立义学以辅之，教秀民之道稍稍修举，而凡民之教阙如。天下秀民少而凡民多，秀民有教，凡民无教，则受教之民少，不受教之民多，非所以化民成俗也。"见《在吴桥县劝设里塾启》，参见《自订年谱》，清光绪十九年。长吴桥县时，本此意以劝民普设里塾，俾在城每街在乡每村各设一塾或数塾，秋收毕开学，岁尽散学。虽其间教材与今迥殊，而论其效用，不啻开今日短期民众学校之先河。又以孔孟之师表万世，皆为私家之教，因力倡私家教育之重要，足为公家教育之助，并行而不相悖 见《私家教育释疑篇》。

而其创为简字，宣说不遗余力，尤为开风气之先焉。初明季西教士倡以罗马字母拼中国语以还，国人偶有从者，而未及推行。比中日战役败后，朝野讲自强之道，尤尚兴学，其间言文字之改革者，如香山王炳耀、侯官蔡锡勇、厦门卢戆章、吴县沈学等，又多欲为国文创制字母 见何仲英《汉字改革的历史观》。嗣后宁河王照 字蕴山，一字晓航，亦作小航 创官话合声字母，定五十母十二韵及四声之号，设学堂及书报社于京津保定。王照《官话合声字母》清光绪二十六年刊，设学堂在此年后。以其采拼音之法，易识易解，颇得时贤之赞助，一时推播及于直鲁晋与东三省。先生以为中国文字精深而不易学，仅能教秀民，而不能教凡民，故于王氏之法，深致推挹，惟其字母一主京音，于南音颇有未备，用是南方各省未见推行。因与同志考订商榷，修改王氏之字母，定名为合声简字。增六母三韵及一入声之号，而江宁近属及皖省语言相近诸处皆能通行；后复增七母三韵及一浊音之号，而苏州近属并浙省语言比邻诸处皆能通行；后复增七母三韵及一浊音之号，而苏州近属并浙省语言比邻诸处皆能通行。先生时方佐两江总督周玉山（馥）幕。因更请于周公，设简字学堂于江宁 在清光绪三十一年秋，聘程一夔为总理，奏报立案 见《重订合声简字谱序》，参见《自订年谱》清光绪三十一年，自是先生专力于简字之揣摩，先后辑为《增订重订合声简字谱》《初编》曰《增订合声简字谱》，仅能摄宁皖属，后经增母以摄苏浙属音，则以重订二字冠书名云。《简字丛录》、三十二年《简字全谱》，及《京音简字述略》诸书。增订重订二谱，皆不及京音，以别有《官话全声字母》原书，但南中不易得，故于三十三年另辑此书。及应召入京，廷对亦力陈简字之效用，旋又具疏呈进所撰简字诸书，请由学部考核，颁行全国一体传习 清光绪三十四年。维时清廷方倡筹备立宪，颁行逐年筹备事宜，颇以开民智为急，定分年次第创设州县乡镇简易识字学塾；而于限期实施地方自治，又规定识字者可为选民。先生独以为欲求识字之普及，惟简字为捷径，因奏请于简易识字学塾内，附设简字一科，对于"极贫无力入塾一年之幼童，及年已老大从未识字之人，皆令识此简字，并将必读课本，翻成白话简字，令其讲习。其能识汉字之人，亦酌加功课，令兼识简字"。盖"此项简字，易识易解，尤堪为汉文之补助，教育之阶梯"。而为利地方自治之实现，复请由民政部通行各省变通选民资格，凡不识汉字而能识简字之人，一体准为选民。庶几民智易于浚发，而自治可按期完成云 详见清宣统元年，《请于简易识字学塾内附设简字一科并变通地方自治选取民资格折》。履迹所经，辄亲宣说简字之利，不遗余力。浙江藏书楼监理杨见心复承风举办简字讲习所于杭州，先生为延揽教师，先后两期，所成就颇众 约当清光绪三十三年以后事，据杨见心先生面示者。其在京师，又与赵竺园等设简字研究会。然京师达官贵人泥于故常，于简字辄鄙夷之，故虽有旨交学部议奏，卒格不行，而清祚亦旋终。民国二年，教育部召集国语读音统一会，参照王氏字母与简字诸母，制定注音字母，七年公布之。时先生尚健在，逢人犹好言简字不稍懈。迄于今国人谋推行教育，犹以文字之艰深为病，乃尽力于推行注音符号。推源穷始，先生开导先路之功为足多也。

先生不轻著述，亦不好考订训诂之学，惟于正义所在，自信甚笃，则抒为文章，言之惟恐不尽。或当世国家大事，身与其役，亦好存述其真，借示来叶。当其在吴桥治义和团之乱，曾录嘉庆禁谕与那文毅奏疏而刊之，为《义和拳教门源流考》；复剀切谕禁，直言上陈，及不见用而去官，犹辑谕示为《庚子奉禁义和拳汇录》一卷，文禀书札为《拳案杂存》三卷，并为早期乱事之史料。生平持正不阿，是非所在，断断力争不稍让。方筹备立宪之际，新说或横决过当，先生屡为文辩之 如变法论及论古今新旧篇，见遗稿一，而于新刑律争之尤烈。初清光绪二十八年四月，派沈家本、伍廷芳等为修订法律大臣，将现行律例，参酌各国法律，考订编拟，三十年开馆，三十三年冬草案告成，分发各部各省签复。清宣统元年，沈氏会同法部奏进刑律修正草案，次年交宪政编查馆参订，后又交资政院议。先生在馆，见刑律中有与伦常相违者，期期以为不可，撰进说帖，多未见从。及交议院，先生又倡提修正案，仅得伸其一端。适会期届满，修正案未及全议，其后新刑律卒以颁行。方先生倡议之时，主新者虽与驳斥，而附和者踵起，因于会后辑其自撰说贴与诸家议论，为《新刑律修正案汇录》；且弁以序言，以明农桑猎牧工商之国之法各异致，与新法应无违礼教之义焉。先生虽笃旧，而居常于外国史事，世界现势，以逮中外交涉，洞然如在腹笥，每有论述，多所征引 如《谈瀛漫录》等篇，见《遗稿》卷一。在吴桥任时，尝辑为《各国约章纂要》清光绪十七年刊，虽非其至，亦有裨于治外交史者之考稽。李文忠（鸿章）任直督，聘黄子寿主纂《畿辅通志》，先生时方初壮，为之襄纂，先后六年 清同治十二年至清光绪四年 多所考撰。吴兴刘澂如锦藻辑《清续文献通考》，清亡后又为续纂，先生晚居青岛，曾受刘公之请，亲为修订云。

先生尊古崇道，践履纯笃，早年读《近思录》 十九岁时读书，见有《小学近思录》为求学阶梯语，因购之于书肆，读之有悟，自谓从此始志于义理之学。见《自订年谱》咸丰十一年，复获交当世君子，遂有志义理之学。清同治十二年从黄子寿修志，自谓见举世以道学为诟病，意为古道不能行于世，内颇自馁。及见黄先生，言行一出于正，毅然无所挠，始气为之壮，益用自厉，后之所就，得力于此者不少云。见《自订年谱》。方居其丧，一遵古制 有丧服用古衣冠考及致友人论丧服诸书，见遗稿卷一卷四；平素尤持躬凛然，诵服儒先，跬步不苟 语见陶氏跋《先生年谱》，隐然若承杨园 张履祥、清初桐乡人 之遗绪。其在京师，尤兢兢以维持礼教为己任，议新刑律时，先生之论最激，于是议会诋诽，报纸嘲谐，权贵嗔怒，几濒于危，而犹持正独立，不惧不悔，盖其心所谓是非，必师子舆氏伸不得已之辩焉 语见陶氏跋《先生年谱》。与人仁爱，利济如恐不及。任邑宰，尤力求通民隐，解民疾苦，时推循吏。尝谓天下有君子，额小人，有众人，众人至多，故至重。古之君子之于众人，敬之而不敢忽，爱之而不忍伤，恕之而不予校，矜其不能而教之。今之君子之于众人，责之常深而取之常隘，而曰天下无人，要实君子之责有未尽也。夫君子道长小人道消则天下治，故治天下必自君子之善化众人始。《原众》见遗稿卷一。盖粹然仁人之言。而综先生之行事，洵不愧为鞠躬尽瘁化导众人之君子也。

先生论学以性理为本，以实用为务，而一以孔子之道为归。其推尊孔子，谓足以继往圣以垂万世，至比之于天地 论孔教演说词，见遗稿卷一。其论古今新旧之分，以为今者古之嬗，古者今之积；道则古胜于今，器则今胜于古。故道则从古从旧，器则从今从新，故器可变而道常不变。见论古今新旧篇，其论变法，亦谓"变者法也，处乎不变以主乎变者道也，执不变之道以驭万古之法者人也"。见变法篇，并见遗稿卷一。先生之创简字，设学校，及赞助路电新制之推行，盖以其为可变之器与法；而断断力诋刑律之违伦常者，则本此卫道之心，以为"纲常为弈代率由，永行古道，不得稍有变更"也。见《论古今新旧》篇。故其一生努力于开创风气者，固基于此信念，而或偏执过甚，终且为清室张目诽毁民国者，亦未尝非此一念有以误之。生平最服膺湘乡曾氏，方其重兴吴桥莲池书院，尝重刻曾文正《劝学篇》以诏诸生。曾文正劝学篇跋见遗稿卷三。晚岁讲学青岛，犹昌言曾文正集清儒之大成，谆谆以师法曾公之为学劝，以为学孔子当自学曾公始。在青岛尊孔文社所讲论为学标准，见遗稿卷一。昔曾公尝谓为学之术，有义理之学，有考据之学，有辞章之学，有经济之学，恒人不能兼而取之，故贵慎其所择，而先其所急。要当以义理之学为主，苟通焉，经济即该乎其中，而考据辞章则各就性之所近，慎择而兼习之。先生以为曾公之学，诚能兼此四事，是言盖本之躬行心得，应为今世学者共奉之圭臬，视若希圣希贤之大路云。并见为学之标准演辞。由今观之，先生之著吏绩，治刑法，倡简字，设学校，乃至论议当世得失，可谓畅经济之用。其疏礼制，治音韵，明算理，则又著考据之功。而遇事发为文章，铿锵可诵，复以余绪为诗词，亦高雅有致，是其辞章亦自有可传者。至若修养之纯，持守之笃，尤非于义理植基至深者不能逮。是先生之诏人取法曾氏，固已先自得之矣。

先生著作，有筹算书七种，简字书五种，及纪义和团案、纪新刑案诸书；其主辑《各国约章纂要》，襄纂《畿辅通志》，校补《清续通考》，亦为精力之所寄。并见上述。外此尚有《等韵一得》三卷 又补编一卷，《遗安录》一卷，《韧叟自订年谱》一卷，文百余篇，诗词各若干首。先生既卒，其子婿陶拙存 葆廉 为整辑其遗稿，邑人金箓孙、刘农伯为之审订，民国十六年，其同乡弟子卢鉴泉学溥捐资助刊之于京师，名曰《桐乡劳先生遗稿》。凡为文五卷，诗二卷，词一卷；其《自订年谱》则弁于首，《义和拳源流考》一卷，《奉禁义和拳汇示》一卷，《拳案杂存》三卷，及《新刑律修正汇录》一卷，并附刻于后。参见遗稿跋。筹算、简字诸书，则别有刻本行世。

论曰：自满清之亡，汉大臣退隐于野，犹多守帝制而奉旧号者，虽悖乎民国之制，然衡以忠节之义，要犹未可深责。惟如劳先生之著《共和正解》，至以伊周期项城，议君主民主，主还政于清室《正续共和正解》及《君主平议》先生曾以印赠，遗稿卷一亦收入；立言瞀乱，淆惑人心，宜其为识者所诟病，不第以躬与复辟召尤已也。虽然，先生通识古今，其言行要自有足以千秋者在。如其本元儒许鲁斋衡之言，畅论学者必以治生为先务。其言有曰：春秋之世，养士之制未废，士不必亟亟于治生，故孔子有君子谋道不谋食之言。后世学校之制废，学者犹囿于积习，不知所以自立之道，鄙农商而不屑为。不知今之时非古之时，使孔子而生今之时，其言亦必不尔。治生之事，何尝非学中之事哉？详见《学者治生为先务说》，见遗稿卷一。是其祛千古之痼蔽，树后学以准则，其识之卓与言之切，岂果食古不化之流所可几哉？士固有高瞻远瞩，任时代之先觉，而猝遭世变，遂不期意有所激，发为悖理之论，异乎其向所服持者。君子以恕待人，鉴其以遭际塞聪明，当不忍以其一时有激之论，遂掩其粹言懿行也。劳先生訾讥民国，讴歌前朝，亦犹是耳。然论者遂有所戒忌，稀复颂述其言行；遂使去先生之亡才十余年，而后进之士已罕能举其名，可慨也。余读柯凤荪先生所撰墓志铭，惟详先生之爵位，称述其忠节，而罕及其学问行事 如于筹算、简字无一字及之，于行事亦多缺漏，清史稿之传先生，亦惟重其仕绩，窃叹以为皆不足以传先生。爰考稽往事，寻绎遗书，成为此篇，以备考乡献治旧闻者之甄采云尔。

本文参考资料：

柯劭忞：《劳公墓志铭》（卢刊《劳先生遗稿》卷首，并见闵尔昌纂《碑传集补》卷六）

劳乃宣： 《韧叟自订年谱》（有单行本，并见卢刊《劳先生遗稿》卷首）

陶葆廉：《韧叟自订年谱》跋（同上）

《清史稿》 （卷二百六十）《劳乃宣传》

卢学溥刊、陶葆廉校：《桐乡劳先生遗稿》（共六册）

陆懋勋： 《浙江高等学堂缘起纪》（见《杭州府志》卷十七 学校）

何仲英：《汉字改革的历史观》（《国语月刊》一卷七期，民国十一年 中华书局印行）

胡适： 《国语运动的历史》（《教育杂志》十三卷十一号 民国十年商务）

《合声简字谱》等书 《矩斋筹算》七种诸序

后 记

　　《劳乃宣诗词集》在市政协领导的重视和各界人士的大力支持下，得以顺利出版。

　　"毕生心迹泯将迎，历遍崎岖视若平。自问非夷亦非惠，孤怀留待后人评。"这是劳乃宣晚年题自订年谱诗中的一首。他的一生充满了传奇色彩，当过清末知县，也曾担任学部副大臣，清朝灭亡后以遗老自居。他是中国最早的大学——畿辅大学堂的创办人之一，做过浙江大学堂（浙江大学前身）总理、南洋公学（上海交通大学前身）总理、京师大学堂（北京大学前身）总监督；他也是一位才学绝佳的通儒，精通筹算、音韵、文字、法律，他在《增订合声简字》《重订合声简字谱》《简字全谱》等著作中主张文字改革，是倡导全国语言统一、呼吁简化汉字的第一人；他在青岛期间还协助过德国汉学家尉礼贤将《论语》《易经》等翻译成外文，在促进中西文化交流中起到了重要作用。

　　劳乃宣祖籍山东阳信，出生于直隶广平（今河北永年），他的祖父劳长龄寓居苏州，以浙江桐乡青镇劳氏为宋时同族，入籍青镇二十五都南六图（今乌镇东栅）。23岁时以嘉兴府桐乡县籍参加浙江乡试时，首次回到桐乡故里。劳乃宣对桐乡有着很深的桑梓情怀，在所有的文章及著作中均署"桐乡劳乃宣"，在《归来吟》中也写道："愧无三径辟蒿莱，陶令空歌归去来。流水抱城桑绕郭，梧桐乡里客舟回。"思乡之情溢于言表。1902年，劳乃宣60岁时再次回到阔别近四十年的故乡，在县城（今梧桐镇）南门内宏远桥堍买屋筑学稼堂，买田于石门湾（今石门镇），以期终老家园。他关心家乡的文化教育，曾在桐乡桐溪书院主课，培养了乌镇卢学溥，濮院朱辛彝、刘富槐等优秀的学生。劳乃宣去世后的遗稿便是由朱辛彝负责校对，卢学溥捐资联系，使《桐乡劳先生遗稿》得以刊行。

相较于劳乃宣在筹算、音韵、法律领域所撰学术专著的专业性，他的诗词作品更呈现出鲜明的个性，这些以咏物、咏史、咏怀、抒情为主题的诗词涉及广泛、内容丰富，直观地表达了他对于人生际遇、政治变幻的情感态度。将他的诗词编校成书一直是我们的心愿。陈勇先生对劳乃宣有近四十年的深入研究，本书诗词排列以劳乃宣次子劳笃文整理的《韧叟诗存》《韧叟词存》为底本，内容则以劳乃宣手稿为主，加以上述各版本的诗词予以校正。

守好文化之根，赓续历史文脉，是市政协教科卫体与文化文史学习委员会的重要职责之一。本书在整理、编辑的过程中难免存在不足之处，请读者批评指正。

编者

2024 年 12 月

桐乡文史资料书目

第一辑：《桐乡县抗日战争史料（一）》，1985 年 8 月编印

第二辑：《桐乡县现代名人资料》，1985 年 12 月编印

第三辑：《桐乡县历代名人资料（一）》，1986 年 6 月编印

第四辑：《桐乡县历代名人资料（二）》，1986 年 12 月编印

第五辑：《桐乡县土特名产专辑》，1987 年 5 月编印

第六辑：《桐乡县名胜古迹专辑》，1987 年 12 月编印

第七辑：《桐乡县近百年记事（1840—1949）》，1988 年 12 月编印

第八辑：《桐乡县民国时期史料（一）》，1989 年 11 月编印

第九辑：《桐乡县民国时期史料（二）》，1990 年 11 月编印

第十辑：《桐乡县建国后史料（一）》，1991 年 11 月编印

第十一辑：《桐乡县建国后史料（二）》，1992 年 12 月编印

第十二辑：《桐乡当代人物资料（一）》，1993 年 12 月编印

第十三辑：《桐乡建国后史料（三）》，1994 年 9 月编印

第十四辑：《桐乡市抗日战争史料（二）》，1995 年 7 月编印

第十五辑：《桐乡当代人物资料（二）》，1996 年 11 月编印

第十六辑：《桐乡当代人物资料（三）》，1997 年 10 月编印

第十七辑：《桐乡当代人物资料（四）》，1998 年 11 月编印

第十八辑：《桐乡历史图片资料（一）》，1999 年 11 月编印

第十九辑：《桐乡当代人物资料（五）》，2000 年 11 月编印

第二十辑：《桐乡馆藏文物资料（一）》，2001 年 11 月编印

第二十一辑：《桐乡佛教文化专辑》，2002 年 9 月编印

第二十二辑：《桐乡市建国后史料（四）》，2003 年 10 月编印

第二十三辑：《桐乡巾帼专辑》，2004 年 11 月编印

第二十四辑：《桐乡运河文化专辑》，台海出版社 2006 年 1 月出版

第二十五辑：《张琴秋纪念文集》，2006 年 8 月编印

第二十六辑：《吴之振诗选》，2007 年 12 月编印

第二十七辑：《太虚纪念文集》，2008 年 12 月编印

第二十八辑：《严独鹤杂感录》，上海远东出版社 2009 年 11 月出版

第二十九辑：《陆费逵文选》，中华书局 2011 年 1 月出版

第三十辑：《中国漫画先驱——沈伯尘》，上海远东出版社 2012 年 2 月出版

第三十一辑：《支边岁月》，2012 年 10 月编印

第三十二辑：《岁月回眸 桐乡撤县设市 20 年纪事》，2013 年 12 月编印

第三十三辑：《桐乡古桥》，中国文史出版社 2014 年 12 月出版

第三十四辑：《桐乡传统美食》，中国文史出版社 2015 年 12 月出版

第三十五辑：《汤国梨诗词集》，中国文史出版社 2016 年 12 月出版

第三十六辑：《流光记忆》，中国文史出版社 2017 年 9 月出版

第三十七辑：《抗战前的石门商贸》，中国文史出版社 2018 年 9 月出版

第三十八辑：《崇福古镇商贸旧事》，中国文史出版社 2019 年 12 月出版

第三十九辑：《濮院古镇商贸旧事》，中国文史出版社 2020 年 10 月出版

第四十辑：《梧桐古镇商贸旧事》，中国文史出版社 2021 年 10 月出版

第四十一辑：《乌镇古镇商贸旧事》，中国文史出版社 2022 年 11 月出版

第四十二辑：《又绿芭蕉》，中国文史出版社 2023 年 4 月出版

第四十三辑：《桐乡影像 50 年：汤文飞纪实摄影作品集》，九州出版社 2023 年 9 月出版

图书在版编目（CIP）数据

劳乃宣诗词集 / 桐乡市政协教科卫体与文化文史学习委员会编 ；陈勇校注 . -- 北京 ：中国文史出版社,2024.11

ISBN 978-7-5205-4943-1

Ⅰ . I222.749

中国国家版本馆CIP 数据核字（2024）第 97J297 号

责任编辑：高 贝

出版发行：**中国文史出版社**

社　　址：北京市海淀区西八里庄路 69 号院　邮编：100142

电　　话：010—81136606　81136602　81136603（发行部）

传　　真：010—81136655

印　　装：桐乡市高美印务股份有限公司

经　　销：全国新华书店

开　　本：710mm×1000mm　1/16

印　　张：17.25　字数：260 千字

版　　次：2024 年 12 月北京第 1 版

印　　次：2024 年 12 月第 1 次印刷

定　　价：58.00 元